あさぎり はれる
朝霧晴

「やほー！ 皆の心の太陽、朝霧晴が昇ってきたよ！」

みんなを笑顔にすることが大好きな活力あふれる女子学生。とにかく好奇心旺盛であり、勢い余って周囲の人達の予想から斜め上に大きく逸れた言動もしばしば。

うつきせい
宇月聖

「やぁ諸君！ みんなの聖様が登場だよ！」

前世は男の精を糧に生きるサキュバスだったが、同性の女にしか興味を示さなかったため餓死。転生して今に至る。頭の角は前世の名残。

かみなり しおん
神成シオン

「こんみこー！ 皆のママこと神成シオンだよー！」

九尾をその身に宿した巫女であり、神の使いとして人々の安泰を守っている。九本のもふもふな尻尾は感情に合わせて激しく動く為、背後に立つには注意が必要。

ひるね ねこま
昼寝ネコマ

「にゃにゃーん！　香しい匂いに誘われて参上！　昼寝ネコマだぞ！」

昼寝が大好きなオッドアイの獣っ娘、しかし何か食べている人が近くにいると途端に起きてキラキラした目でそばに寄ってくる。なにかあげると喜ぶ。あげなくても撫でると喜ぶ。

そうま ありす
相馬有素
「はっ！　相馬有素、ただいま参上したのであります！」

自己の解放をテーマにしたアイドルグループ、レジスタンスのメンバー。クールな風貌から男女両方から人気を集めるが、中身はポンコツの為、イメージ死守にメンバーが苦労している。

そのかぜ えーらい
苑風エーライ
「やっほ〜みんな〜！　元気ですか〜ですよ〜！　エーライ動物園の苑風エーライですよ！」

あらゆる動物を網羅した一大テーマパーク、エーライ動物園の園長をしているエルフ。なぜか動物たちからは絶対服従レベルで敬意を集めているらしい。

やまたに かえる
山谷還
「山を越え、谷を越え、そしてやがて還る場所。山谷還の配信へようこそ」

心優しき者が重い傷を負ってしまったとき、どこからか現れて癒しを授け、風と共に還っていく謎多くも神秘的な女性。

Live-ON
ライブオン
選ばれし輝く少女たち

お知らせ｜グッズ
ガイドライン｜所属タレント｜会社概要

いろどり ましろ
彩ましろ

「どうもこんましろー。ましろんこと彩ましろです」

絵を描くことを生きがいにしているイラストレーター。少々毒舌気味ではあるが、実はかなりのお人好しの優しい少女。

こころね あわゆき
心音淡雪

「皆様こんばんは、今宵もいい淡雪が降っていますね、心音淡雪です」

淡雪の降る日にのみ現れるミステリアスな美女。吸い込まれるような紫の瞳の底にはなにが隠されているのか……。

まつりや ひかり
祭屋光

「こんピカー！　祭りの光は人間ホイホイ、祭屋光です！」

全国のあらゆる祭りに出没するお祭り女。異なる地域の2つのお祭り会場に全く同じタイミングで出没した説がある。

やながせ ちゃみ
柳瀬ちゃみ

「みんなを癒しの極致に案内する柳瀬ちゃみお姉さんが来たわよ」

元々陰キャだったが勇気を出して陽キャデビューしたところ大成功。しかし内面は変わらず外見だけ陽キャの陰キャが残った。

Set List

VTuberなんだが配信切り忘れたら伝説になってた3

七斗 七

ファンタジア文庫

3159

口絵・本文イラスト　塩かずのこ

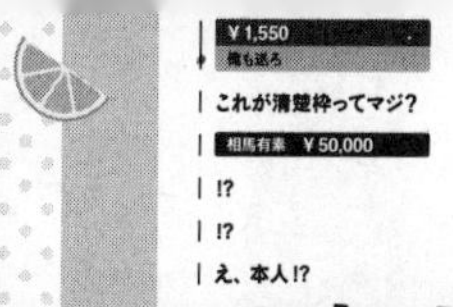

¥1,550
俺も送ろ
これが清楚枠ってマジ?
相馬有素 ¥50,000
!?
!?
え、本人!?

心音淡雪
Kokorone Awayuki
#スト○○の開く頃に

VTuberなんだが配信切り忘れたら伝説になってた［2］

いままでのあらすじ

999,999回視聴・2021/09/20

9999　155

シュワちゃん切り抜きch
チャンネル登録者数 5万人

登録済み

まず前提として、この世界が**美輪○宏VS黒柳○子**により**光と闇の均衡**が保たれているように、
ライブオン所属三期生のVTuber**心音淡雪**という存在は**あわとシュワ**によって成り立っていた。
これは**マク○ナルド**と**ケン○ッキー・フライド・チキン**が合併した結果、
社名が何故か**サブ○ェイ**になって**大炎上**したのとは別の世界の出来事である。
四期生の後輩である**相馬有素**から**愛の告白**をされた淡雪は、
同じく四期生の**山谷還**のママとなり、最後の四期生である**苑風エーライ**が
園長を勤める動物園にて二期生の**神成シオン**の赤ちゃんになっていた。
以上の栄光により更にVTuberとして一皮むけた淡雪は、
同期の**彩ましろ**と**同衾**することになる。**同期**と**同衾**することになる。
ドキドキ同期同衾することになる。**ドキドキドキドキド○ン**ちゃん!?　好き!
ぼく**ド○ン**ちゃん好き!　見てると心が**ドッキンドッキン**しちゃう!　好き!　全部好き!
頭の触覚とか特に好き!　**魔人○ウ**みたいですき!　**魔人○ウ**好き!　**魔人○ウ**大好き!
チョコレートビーム!　ちなみにその**サブ○ェイ**が**スター○ックス**と合併した結果、
社名が**餃子○王将**になったことで大衆も納得し、火も鎮火した。いよいよ**王○**の
店長になるまで次は**アルバイト面接**を受ける段階まで迫った淡雪。なんと、一期生であり
淡雪の最も尊敬する人物でもある**朝霧晴**にライブへの参加の打診されるのであった。

プロローグ

「今日は折り入って雪さんにお願いがあって電話しました」

「え、お願いですか？」

お泊り会が終わり、ましろんが帰宅した翌日、今日はマネージャーの鈴木さんと打ち合わせがあり、いつものように配信の内容とかの話かと思っていたら開幕早々そんなことを言われた。

なんだろう、新企画のお誘いとかかな？　でもお願いってニュアンスは初めてな気がするな。

「一期生の朝霧晴さんよりコラボの依頼が来てまして、それに参加して頂きたいんです」

「ま、マジですか」

と、とうとう来てしまったかこの時がッ！

ワルクラ配信の時意味深なこと言われてから内心ずっと心待ちにしていた晴先輩とのコ

ラボ……。

何がお願いですか、むしろこっちからお願いしたいですよ。

ハレルン教論者である私なので、勿論快諾以外ありえないですぞwww
「是非参加させてください！」

「いや、そのですね、受けてくれるのは勿論ありがたいのですが、念のため企画の説明を聞いてからの方がよろしいかと……」

あ、あれ？　なんだこの歯切れの悪い感じ、鈴木さんっぽくないぞ……？

確かにあの晴先輩のことだ、頭のねじが外れたんでそこにドライバーぶっ刺しときましたみたいな企画を持ってきている可能性は否定できない。

「えっと……何するんです？」

「詳細を説明しますね、情報解禁までご内密にお願いしたいのですが、実はライブ会場を借りての朝霧晴ソロライブが現在企画されています。演奏も生演奏でガチのライブです」

「え、会場を借りるって、実際に箱を借りてお客さんを呼ぶってことですか？」

「はい、現在ライブオンとして初めての試みですので、規模としては会場に約３０００人＋ネット配信を予定しています」

「３０００人⁉」

「はい。晴さんの人気を考えるとこれでも小さめかと」

「まじですか……」

３０００人を音楽で一か所に集める……確かに私のいつもの配信でも膨大な人数が来てくれるけど、これが回線を通してではなく直接来てくれると考えると圧倒されるな。

「そんなわけで、雪さんにお願いなのですが」

「もう嫌な予感しかしません」

「晴さんがライブの大トリに雪さんとタッグでサプライズ新曲を歌いたいとおっしゃってます」

「ら〇ら〇るー☆」

「懐かしいですねそれ、誰でしたっけ？　えっと、ど、どな、どなる……オワピでしたっけ？」

「やめてやれよ」

晴先輩確かに『すごいこと』とは言ってたけど、本当に予想外かつとんでもないものぶち込んできやがったな！

流石ライブオンの擬人化、期待はしっかり斜め上に打ち上げるその姿、天晴れなり、晴先輩だけに……ごめん。

「そ、そんな大役をどうして私に？」

「それは本人に聞かないとなんとも。ですが雪さんが出ないのならやらないとまで言ってますよ晴さん」

「え⁉ やらないってライブそのものをですか⁉」

「はい、だから『お願い』なんですよ。まだ企画段階とはいえ正直ライブオンとしては更なる飛躍の為にライブを行いたいです。なので雪さんに力を貸してほしい訳です」

……分からん！ 晴先輩が何を考えているのかさっぱり分からん！ 後輩一人が出るか出ないかで自分がヒーローになれる舞台を可否できるの……？

「混乱するのは分かります。でもライブオン側もびっくりしてるんですよ、『あの晴さんが出てくれる』なんて」

「え？ どういうことです？」

「晴さんって意地でも自分が主役の企画をやりたがらないんですよ。今までに何回も断られていて……」

「そ、そうなんですか⁉ うそ⁉」

そんなことあるわけがと思い過去の晴先輩が出ているコラボ企画を思い返す。

——本当だ。二期生が入ってから今日に至るまで一回も『自分の為の企画』が存在しない。

あまりの存在感から気づかなかった……私が知らないのだからネット上でも気づいている人は少ないはずだ。

「でもなぜ……」

「晴さんは自分が『ライバーである』と同時に『ライブオンの社員である』ことも同等に大切に思ってるんですよ。簡単に言うと縁の下からライブオンを支えたいという思いが強いんです。兼業は忙しいからライバーに専念しないかと何回も声を掛けられてるんですけど聞く耳持たずで」

「なんだかすごく意外です。常に第一線を突っ走ってる感じだと思ってました」

「例えば後輩の為とかならどんな企画でも本気の本気で生き生きしてますよ。でも自分が主役となると嫌がるんです。根底の理由は本人のみぞ知るですけどね」

「不思議ですね、ライバー活動が嫌なわけではないんですか？」

「それは違うみたいですよ。『私がVTuber界を盛り上げるんだ！』って常日頃から言ってますし」

「うーん……」

本当に摑(つか)みどころが無い人だ、自由奔放のようにも見えるけど確かな意志も感じる。

「今回の企画も飲み会でダメ元で出てくれませんかって聞いたら『シュワッチが最後に出るんならいいよ』って言われて奇跡が起こったと思いましたよ」

「なるほど、事の顚末は大体分かりました」

「理解が早くて助かります。それで、可否の程は……」

「喜んで受理しますよ」

「ほ、本当ですか⁉　ありがとうございます！」

　驚いたのは事実だが、何よりあの晴先輩からのお誘いだぞ？　断るなんて我が人生にとってあまりに大きな損失！

　しかも緊張はするがこの規模のライブなんて余りに貴重なチャンスだ、成功すれば一生の思い出になるだろう。

　晴先輩に成長した私の姿を見せてやんよ！

「それでは随時連絡しますので、その都度よろしくお願い致します」

「楽しみに待ってます！」

　これからしばらく退屈の心配は必要なさそうだ。

第一章

L-1グランプリ

晴先輩のライブが決まったとはいえ、その準備と並行して配信を続ける日課に変化はない。さてさて今日の配信は――

『皆こんみこー！　マザーテレサのママにすらなりたい神成シオンママだよー！　そして今日は愉快なお仲間さんたちが集まっています！　皆挨拶できるかなー？』

「「「「こんみこー！」」」」

『はいよくできましたー！』

：きたきた！

：久々の大型コラボや！

：もう聞こえた声の時点で嫌な予感しかしないの草

：今挨拶に合わせて缶飲料開ける音紛れてなかった?

：プルタブで挨拶するなシュワちゃん

プッシュップシュプシュ！　カーン（乾杯の音）プシュプシュ！

はいはいはいはい現在思考回路にスト○○流れまくってるシュワちゃんですよー！

晴先輩とのコラボはその規模故に準備に時間が掛かるので現在続報待ち。なので今回はシオンママ企画の大型コラボ、その名も『L－1グランプリ』に参加させてもらっちゃいました！

どんな企画かはこれからシオンママがAV女優の身体的パラメータが如く詳細に教えてくれるぞ、男は催眠音声を聞くときぐらい耳を勃起させて女は耳の処女膜貫通させて聞きやがれ！

『それでは改めまして、今回の企画ライブオン1グランプリ、略してL－1グランプリの司会進行兼ツッコミを担当するシオンママです！　よろしくお願いします！　それではまず企画説明ですね。某番組のイメージからお笑いでもするのかと思ったリスナーさんも多いと思うけど、当たらずといえども遠からずといった感じかな。ずばり！　今回集まってくれたライバーの皆には二人タッグでお題に合わせた即興劇をしてもらいます！』

その後も丁寧かつ簡潔に伝えられた企画内容を要約するとこうだ。

1・今回の企画は二人タッグのコンビで参加してもらっている。

2・シオンママがコンビごとにルーレットを回し、コンビは出たお題のシチュエーションに合わせた即興劇を行う。尚シオンママ以外の参加者はお題を発表されるまで一切知らない。

3・流石に即興劇なので前準備もできない二人だけでは流れがぐだぐだになる恐れがあるので、劇中は進行と実況役としてシオンママが参加する。

4・劇の時間は3分間。この間に最も記憶に残る劇をしたコンビが優勝。

『劇がお笑い風になる可能性もあるから、さっきの当たらずといえども遠からずっていうのはそういう意味ね。でもこれはあくまで即興、つまり言葉では形容しがたい程のカオス空間になる可能性もあるということ、それがこの企画のみそなんだよ！』

：なるほど

：日常ですらカオスなのに更にカオスにしていくのか（困惑）

：なんかこれどっかの芸能プロダクションが演技レッスンでやってて所属タレントから地獄って言われてた気がするんだが……

：そりゃあこれを自分でやると考えたら絶対嫌だろ笑

：どんな気持ちで皆集まったんやろな……

『私も最初は内心誰も集まらないかもって思ったよ。でも集まっちゃうのがライブオン！　絶対皆「なんかやっとるやんwwせっかくやし参加したろwww」みたいなノリで来てるからね！　そんな皆に地獄を見せてやるからな！』

私の場合は酒飲んだノリで参加してて酔いが覚めたらあわが頭抱えてました、はい。

『でもねでもね、勿論大会形式の企画に出て貰っている以上景品も用意してあるんだよ！　優勝賞金として、なんとコンビ一人につき10万の20万円用意してありますよ！　ママが奮発して自腹きっちゃいました、えへへ』

まぁ臨時収入とかボーナスみたいな感じだね、楽しみだなーふへへぇ。

：まじか

：**ちょっと補充するわ　¥30000**

：ママが自腹切るとか帝王切開かよ

：参加してるライバー全員10万円貰える前提で参加してそう

：ライバー「なんか参加すれば10万貰えるらしいでwwラッキー参加したろwww」

『あとね、参加者全員に大会参加に対する意気込みと、優勝賞金で買いたいものを聞いてきたよ！　シオンママは優勝とは関係ないんだけど、参考までに用意してみたからどうぞ！』

シオンママの掛け声とともに画面に大きなテロップがババンと表示される。

名前・神成シオン

大会への意気込み・犯す

優勝賞金で買いたいもの・ア◯ルストッパー

：んん⁉

：アカンヘンな声出たwww

：犯すで大草原

：シオンママ……子育てに疲れちゃったのかな……

：合計10人も子供いるからね、仕方ないね

：ア◯ルストッパーってなんやねん

：性意識が高すぎる

シオンママ、ようこそ私たちのシャングリラへ。

女子高とかも周りに男いないと百合(ゆり)に目覚めるとか聞くしね、周りに個性的なお酒しかいないせいで純粋な水だったシオンママもアルコール発酵しちゃったんでしょ。

さよなら青き日々よ、乾杯。

『え!? あれなんで!? 私こんなこと書いてないよ‼ 確かこのテロップを用意してくれたのは聖様だったはず……コラ聖様ぁ‼』

「こちら聖様。失敬、こちらのミスでシオン君の答えだけ私の答えとすり替わっていたようだ」

『絶対わざとでしょ！ 早く直したの出して』

「了解」

名前・神成シオン

大会への意気込み・死んでも面倒見る

優勝賞金で買いたいもの・孤児院

『そうこれ！ これが正しいのだよ！ まったくもう！』

::なんかこれはこれで闇が深い気がするんだが……

::裏で人類補完計画とか企んでそう

::大会への思いがガチすぎる

：主催者の鑑

：修正後も修正が必要なの草

『さてさて、前置きはこのくらいにしてそろそろ企画始めようね！　意気込みとかは個々が登場してくれた時に紹介するからよろしく！　じゃあ開幕の先駆けを走るコンビはこの二人、心音淡雪（シュワちゃん）と宇月聖の「放送事故ンビ」の登場だあ‼』

お、まさかの一発目ですか！

「さて、私たちの出番みたいだよ淡雪君。盛大に決めてやろうじゃないか」

「そうですね聖様。一発目らしく続く者たちへのお手本となる放送事故を見せてやりましょう」

『シュワちゃん、放送事故は狙って起こすものじゃないから放送事故なんだよ……』

：草しか生えない

：コンビ名の時点で落ちるのやめろ

：仮〇ライダー主人公と戦隊もののレッドが手を組んだみたいな感動がある

：物質と反物質が手を組んだの間違いでしょ

：配信からＢＡＮという名の対消滅が起こるんですね分かります

：せめて周りを巻き込まないであげて……

『聖様はさっき出したからいいとして、シュワちゃんの意気込みと賞金の使いみちも聞いてるから出すね、どうぞ！』

名前・心音淡雪（シュワちゃん）
大会への意気込み・ぶっちゃけ今日ノリで来たんで！
優勝賞金で買いたいもの・ヨントリー

：ラ○ウ葬儀絶対参加型ノリ来訪ネキの生まれ変わりかな？
：人生舐め腐ってて草
：戦略兵器みたいに言うな
：意気込みの軽さと賞金からくる野望の大きさのギャップがえぐすぎる
：この時の10万は、現在の紙幣価値で10万円である‼
：変わらねぇじゃねぇか
：まさかの買収希望者にヨントリーもお顔真っ青
：そりゃあ10万で国内屈指の大企業を買おうとする奴を見たら義務教育の敗北を感じるわ
『はい、それじゃあお題を決める為のルーレットを回すよー！　皆画面に注目！』

画面にルーレットが表示され、そこには王道のやりやすそうなシチュエーションから意味不明と言いたくなるシチュエーションまで大量に候補が並んでいる。

「なるほど……まぁどれが来ても余裕でしょうな。ねぇ聖様？」

「うむ、むしろ3個のシチュエーションを合わせてやってもいいくらいさ」

『お、そんなこと言っていいのかな？　本当にやっちゃうよ？』

「『だめだね〜だめよ〜だ〜め〜なのよ〜』」

『もうこの子たちは……はい！　もう回しちゃうね！　地獄へのカウントダウンのスタートだ！』

せわしなくルーレット上を巡る針、皆が息をのむ中針がさした運命の結果は——

『はいはい！　お題はコンビニで決定しました！』

お、これは相当当たりなんじゃないか？　かなり融通が利きそうなお題だ。

さて、問題はどうやって事故らせるか……聖様とのコンビネーションが必要不可欠だな。

まぁ私たちの性欲で固く結ばれた絆があれば向かうところ事故しか無しだ、肩の力を抜いていこう。

「聖様何かやりたい役あります？」

「うーん……店員かな」

「承知です、それじゃあ私は客で」

『よし！　準備はできたかな？　まぁ出来てなくても始まるんだけどねー！　それでは今から3分間、ここはコンビニです。よーいスタート！』

掛け声とともに脳内の認識を配信から劇の場に書き換える。

私は客なのだからまずは来店からか。

「うぅ寒かった……今日は何買おうかな……」

「イラマしてくだっしゃいませー！」

「ん？　そこの店員さん今なんて言った？」

「いらっしゃいませー！」

「なんだ、やけに早口だったから聞き間違えただけか」

『クビになればいいのに……はいはい、今シュワちゃんがコンビニに入店しましたよーー！』

：うわぁ（ドン引き）

：開幕からぶっ放してんなぁ……

：シオンママ本音漏れてますよ
　さて、店に入った後は商品の物色だな。

「あったかい飲み物とか買おうかな……あ、漫画の新刊置いてある」

「そこの麗しいお客様、ちょっといいかい？」

「はい？」

『おおっと！　ここで店内を物色中のシュワちゃんに聖様が話しかけた！』

「うちの店で新しくビデオを置き始めたんだ、よかったら見てくれないかい？」

「え、ビデオって映画とかですか？　いいですね！　何があります？」

「とりあえず淫術廻戦、竿の上の捕虜、ウォシュレット・ネヴァーザーメンを置いてみたんだ」

『全部パロディものAVじゃねーか！』

「ワイフオンは置いてないんですか？」

『シュワちゃんもライブオンのパロディを作ろうとしないの！』

「あるよ」

『あるの⁉　すでに手遅れだった⁉』

：ええぇ……

：これが日常会話ってまじ？

：いつもの配信でも似たようなもんだし日常日常
：パロディものAVって単語が出てくる時点で相当シオンママも汚染されてるな
：放送事故どころか全編に渡って放送できるシーンが無いんですがこれ
：シオンママいないとツッコミ不在で大変なことになってたな
「まぁとりあえず買うかどうかは後で決めますね、先に他見たいので」

「勿論いいよ、この聖様が店長を務めるコンビニ三大欲求にはあらゆる品物が置いてあるからね」

「はーい」

『お店の名前もっとどうにかならなかったのか』

「ちなみに三大欲求の内訳は食欲0・1、睡眠欲0・1、性欲9・8だよ」

「すごいなこの店、そこらのエロショップの方がまだコンビニエンスしてるじゃん」

『はいはい！　時間も押してるからそろそろ商品選ぶ！』

シオン先輩に急かされたので、コンビニの商品選びから会計シーンに移行する。

このままでは制限時間の3分間を商品選びだけに使ってしまいそうだったので、優勝を狙うためにはこれはこれでありがたや。

「それじゃあこれらの会計お願いします」

『さぁさぁ、シーンは変わりましてシュワちゃんが選んだ商品をレジに置きました！』

「承知した、一緒にレジ横のホットスナックなんてどうだい？　聖様のおすすめは肉まん2つにフランクフルト1本のふたなりセットだよ」

『セクハラで捕まってしまえ』

「ガング○たまごちゃんフェチなんでおでんの玉子ください」

『この世から出禁になってしまえ』

：ごめん耳が腐ったかもしれん、今ガング○たまごちゃんフェチって言わなかった？

：むしろ腐っていてほしかった程の罪深い性癖を聞いてしまった
：特殊性癖過ぎて遺伝子が困惑してそう
：聖様の渾身のボケにそれを上回るボケで対抗するのやめろｗｗｗ
：進行役にツッコミを丸投げしてるのほんと草
「さて、おでんはこれでいいとして、淡雪君は他に何を買ったのかな？」

「まずはストッキングですね、伝線したりで替えのものが少なくなってきたので」

「こっ、ここで装備していくかい？　はぁ……はぁ……ごくり」

「RPGの防具屋の物まねお上手ですね」

『防具屋がとんでもない風評被害を受けてる気がするよ……全ファンタジーの防具屋さんごめんなさい！』

「それにしてもさっきの性欲9・8割発言からストッキング無いかなーとか思ってたから、置いてあって安心しましたよ」

「何を言ってるんだい？　ストッキングは性欲区分だよ？」

「ああ、だからスクール水着の隣に置いてあったんですか。ニッチ層の取り込みも万全ですね」

『助けて、謝罪対象が増えていく……』

「さて、次は何を買ったんだい淡雪君？」

ふむふむ、なるほど、こういう流れで残り時間を押し切る感じか、ＯＫＯＫ完璧に理解したぞ聖様。

そうだな、次は……。

「次はスト〇〇ですね。もうスト〇〇って入力したら検索予測にシュワちゃんって出てくるくらいですし、買わない方が不思議かと」

「こ、ここで装備していくかい？　はぁ……はぁ……ごくり」

『え？　装備ってどこに⁉　人体にスト○○を装備することは想定されていないんだよ！　後なぜ興奮してる⁉』

「え、いっ、いいんですか？　それじゃあちょっと試しに装備しちゃおっかな、えへへ」

『ねぇなんで会話成立してるの？　もしかしてママの方がおかしいの？』

「せっかくだしさっきのストッキングもここで装備してしまおう！　なぁ淡雪君！」

「いいですね！　なんかそうなると新装備を楽しみたいのに今の装備が邪魔な気がしてきました。ちょっとスト○○とストッキング以外装備外しますね」

「あはぁ～いいよこれ！　今の君ならパリコレだって出場しても注目の的さ！」

「ちょっとフランス行きの飛行機予約してくる」

『待って！　このままだと全裸にストッキングとスト○○を装備しただけの変態がランウェイにこんにちはすることになるからストップ！　日本の恥だよ！』

「ねぇ聖様、今日本の恥部ってどこかから聞こえませんでした？」

「確かに、そんなに褒められると照れてしまうな。今度からコンビ名をライブオン日本恥部に改名しようか？」

「なんか日本恥部って日本支部みたいに聞こえてかっこいいですね！　ライブオンもグローバル化ですな。まぁパリでグローバル化したのは私の恥部なんですがな！　はっはっは‼」

『もうこの子たちの飼育キット誰か作ってくれないかな』

：なんだこれ（歓喜）￥2000

：防具屋「使用済みの防具は元値より高く買い取るよ（ニチャア）」

：これが今話題のランウェイで笑われてですか

：パリコレなら一周回って最先端ファッション扱いされそう

：もうほんとこいつら最高やな

：これが即興劇ってマジ？　阿吽の呼吸かよ

：即興劇というよりコントになってるやん笑

：スト○○を装備（哲学）

ピピピピッ！　ピピピピッ！

『は、はーい！　３分間経過したのでここまで！　疲れた……なんで私の方が地獄見せられてるんだろう……』

時間終了を告げるアラームが鳴り響き、私たちの出番はここで終了した。

もっと時間があれば更に盛り上げられそうだったけど、それでも結構いい線いったんじゃないかな? 結構コメントが勢いよく流れてた気がする。

『二人ともお疲れー。一人ずつ感想を聞こうかな。まずは聖様からどうぞ』

「そうだな、劇を演じてる感じがほとんどなくて自然体でいけたと思う。淡雪君と私の思考相性の良さが為せる業なんじゃないかな。きっと体の相性も良いと思う」

『最後の発言は無視するとして、次はシュワちゃんどうぞ』

「最後が気持ちよかった」

『次はシュワちゃんどうぞ!』

「ごめんなさい。まともな感想としては手ごたえを感じましたよ。賞金楽しみにしてますね」

『おおっと最後にきっちり後続コンビへの煽りも入れたところで、そろそろお二人には観戦に戻ってもらうね! 以上放送事故コンビでした! 皆拍手で讃えてあげて!』

「「ありがとうございました!」」

通話から離脱し、後は後続チームの劇を楽しむだけとなった。うーんいい気分だぜ! 最高にハイってやつだ!

さぁ、この生きる放送事故、VTuber版江〇2:50と呼ばれる私を打倒する者は現れるのか、見ものですな。退屈させないでくれよ。

『よし！　それじゃあ次のコンビに登場してもらおうか！　次のコンビは相馬有素ちゃんと祭屋光ちゃんの元気コンビだ！』

「やっほー！　祭りの光は人間ホイホイ、祭屋光でーっす！」

「全ての道は淡雪殿に通ずる、相馬有素なのであります！」

『ハイ自己紹介ありがとう！　今回もコンビで参加だしなんか最近二人仲いいよね？』

あ、確かにそれは私も最近同じことを思っていたかも。

なんか近頃になってこの二人でコラボしてるところが結構散見されるようになったんだよね。

普段のテンションが近いからなのかな？　好みとか色々違いそうな二人だけど意外と良いコンビネーションを見せているようだ。

「はい！　外堀から埋めるために淡雪殿と近しい三期生を攻めていたところ、光殿と思いのほか話が盛り上がりまして今に至るのであります」

『わー動機が不純だぁ……』

「ふっふっふ、いつかは光が有素ちゃんの憧れの先輩ポジションになってしまうね」

「はっ、己惚れるのはやめるのでありますこのロリ巨乳」

「なんだとこらぁ！　光はロリじゃないぞ！　ちゃんとお酒も飲めるんだぞ‼」

「失礼、合法ロリの間違いだったのであります」

「ロリの部分を訂正しなさーい‼」

この通りプロレスだってなんのそのといった感じだ。

私と聖様とかましろんとかの関係がそうだけど、こういうのって相手の信用がないと成立しないからね。仲が良い証拠なのだ。

有素ちゃんは私の妄信者過ぎて他のライバーとの関係構築が実は少し心配だったのだが、意外と社交派なのかもしれないな。

『でもこれだけ仲がいいとシュワちゃんが嫉妬しちゃうんじゃないかな～？　ほら、きっと今もそのいちゃいちゃ見られてるよ～？』

「はっ⁉　ち、違うのであります淡雪殿！　あれなのであります！　私にとって淡雪殿を正妻とするなら光殿はオナホールなのであります！」

訂正、何言ってんだこいつ。

「ん？　オナホールって何？」

「自家発電装置であります」

「え、光って有素ちゃんにとって自家発電装置なの？　どれだけの価値があるのかさっぱりなんだけど……」

『なるほど、有素ちゃんも下ネタ大好物な感じなんだね、流石シュワちゃんの影響を受けただけある。これは手のかかる子だ……』

：草

：先輩をオナホ扱いした後輩がいるってマ？

：それよりよっぽど酷いスト○○が三期生にいるからセーフ

：この二人はあほの子同士がじゃれてるみたいで面白いからすこ

：お互いなんにも理解できてなくてもノリで押し切ろうとするから会話が意味不明になるんだよなぁ

：意味不明過ぎて会話内容を考察する人が絶対現れるのホント草

『はい、そろそろ二人の意気込みと賞金の使いみちを教えてもらおうかな！　テロップドーン！』

名前・祭屋光

大会への意気込み・全力で楽しむ！

優勝賞金で買いたいもの・ＰＦ５

名前・相馬有素
大会への意気込み・私より先に淡雪殿と組んでた聖殿をヤル
優勝賞金で買いたいもの・淡雪殿

うん、光ちゃんは見てて安心するなー。ほんわかするよ。有素ちゃんはちょっと校舎裏行こうか。

『こら有素ちゃん！　全世界の前で人身売買と先輩襲撃の予告をしないの！』

「襲撃はさておいて人身売買ではないのであります！　まぁ淡雪殿の純真バイバイにはなってしまうかもしれませんがぐへへへへへ」

『ずっと口に哺乳瓶ぶち込んで喋（しゃべ）れなくしておいてやろうか……光ちゃんはゲーム機か、光ちゃんらしいね！』

「えへへ、昔から好きだったゲームのリメイクが出てるんですよ！　もう一度あの殺伐とした世界で鮮血溢（あふ）るる泥臭く命がけの戦闘がしたい……」

『だめだ今のをまぁこの程度ならと思ってしまった。私はもう一般社会に帰れないかもしれない……』

：襲撃をさておくな　￥6000

〈宇月聖〉：ヤラレたらヤリ返す、聖様がかわいがってあげよう。淡雪君は私のベストローターだ、渡すわけにはいかないな

：強者の余裕、ワカラセ展開かな？

：ライブオンでは同僚をアダルトグッズで例えるのが流行ってるの？

：なるほど、最近たまに聞く小学校で渾名禁止はこれを防ぐためだったのか

『はいはいそろそろルーレット回すよー。気楽でいられるのも今のうちだけってことを教えてやる！』

さあさあ、このお題に命運がかかってると言っても過言ではないぞ、再び回転を始めた針が指したのは——

『勇者と魔王！　勇者と魔王ですよ！　これはなかなか難しいのが来たんじゃないですか‼』

うわぁ一気に声色が楽し気になったなシオンママ……主催者側としては演者を振り回して楽しみたい欲求があるのだろう。まぁ一回目は私と聖様がダブルジャイアントスイングして逆に振り回してしまったが。

さてどうなるか——二人はどんな反応かな？

「これは光の得意分野来ちゃったね、貰(もら)ったな」

「ほう、根拠はあるのでありますか?」

「なんかかっこいいから!」

「そんなことだろうと思ったのであります。まぁ私は余裕ですけどね」

おお、威勢がいいな、見た限りではなにかやってくれそうだ。良きかな良きかな。

「光が勇者役やってもいい?」

「いいでありますよ、私は魔王の方が得意そうですし」

『さぁさぁそれじゃあタイマーを回しちゃうよ! 勇者と魔王の即興劇スタート!』

3分間のタイマーが数字を減らし始めてから5秒程経(た)って、意を決した光ちゃんが先に口を開いた。

「悪逆非道の魔王よ! この勇者が今この瞬間から引導を渡してやる!」

おおぅ、もしやこれはなかなか演じる方もきついのではないか?

私と聖様がやったコンビニ店員は日常に実在するシチュエーションだったが今回はファンタジーの世界。本格的に演じることが求められる。

役に振り切れないと精神的に羞恥に呑まれてしまう可能性もあるぞ。

「はっ！　ただの人間一匹でこの魔王を倒そうなど、夢を見るのは寝ているときだけにするのでありますな」

『いいねいいね！　お互い口上も終えて一気に情景が浮かんできたよ！』

私が不安を覚えたのもつかの間。どうやら自信満々に声を張る二人を見るに演技に抵抗などの雑念は持ち合わせていないようだ。

「一人でも負けられない戦いがここにはある！　今日この日の為に散っていったダニエル、ダニー、グレッグ、レイラ、そしてダニエルの仇はとらせてもらう！」

『え、いまダニエル二回言わなかった？』

「あ……」

「えと……ど、同名の仲間が二人いたのではないでありますか？」

「そ、そうそれ！　それが言いたかったんだよ！」

：魔王がフォローに回ってるの草

：一発目からこれか……

：いなくなってしまったダニエルのこと、時々でいいから……思い出してください

……うん。演技に抵抗はなくても他に色々問題がありそうだなこれは……。

案の定その予想は当たってたようでその後も――

「ここまで来てご苦労でありますな勇者とやら。だが魔王である私は聖なる黄金のリンゴの力が無ければ傷一つ負わんぞ？」

『おおっとここで重大なワードが登場か⁉』

「しかもリンゴは四天王のルビアンに守らせているはず、まさか持っているはずないのであります。この勝負、貴様に勝機などないのでありますな！」

「くっ！　それでも光は負けるわけにはいかないんだ！」

「あ、あれ？　ほ、本当にリンゴ持ってないのでありますか？」

「へ？　あ、持ってる持ってる！　だけどえとその……た、食べちゃった！」

『「食べちゃったの⁉」』

「あの、昨日お腹空いちゃって……みたいな感じで」

そっかぁ、お腹空いちゃって聖なる黄金のリンゴ食べちゃったのかぁ……。

「で、でも！　王女様から聖なる祈りを授かりしこの聖剣エクスカリバーがあればきっと勝てるはず！」

「ほ、ほう、なるほど。えっと、しょ、所詮祈りなどただの紛い物ではないか？　人間一匹がただの儀式で私の首を獲れるのなら、なぜ貴様ら人間は今日まで私の存在に苦悩しているのでありますか？」

『なるほど、魔王は悲観的な考えの話を交ぜて勇者の心を惑わせようとしているようだ！

これに対して勇者はどう出るか⁉』

「そ、そんなことないもん！　この剣には王女様の力が乗り移っているんだ！」

「その根拠はあるのでありますか？　その王女とやらはお前に適当な理由を付けてやる気を出させ死地に赴かせただけなのではないのでありますか？　私からすれば王女の方がよっぽど魔王に思えるのでありますがな」

「根拠はある！　なぜなら光がこの聖剣で王女様を貫いたのだから！」

『「王女様を貫いちゃったの⁉」』

「魔王を倒すため、仕方がなかった！」

「えと、王女様死んじゃったのでありますか？」

「うん。だが王女様の死は無駄にはしない！　光は今幾多の犠牲の上に立っているのだ！」

「そ、そうでありますか。なんか申し訳ないのでありますな……」

『ふふふっ、いいぞ、いいぞこの収拾付かない感じ！　ママが期待していたのはこれなんだよ‼』

：なんだこれ……　￥2500
：魔王を倒すための覚悟が重すぎる
：完全にダークファンタジーで草
：このまま続けたらどんどん犠牲が増えそう
：最初仇をとるって言ったメンツの中に王女おらんかったやん！
：ダニエルが王女だったんでしょ
：レイラじゃないのか……
：シオンママが楽しそうでなにより
これあれだな。お互いが自由にノリで設定とか追加していくから場が混乱するけど、更にそれを勢いだけで乗り切ろうとするから文字通りカオスな空間が出来上がるんだな。
この二人の仲の良さはもしかして奇跡的なバランスで成り立っているのかもしれないな……。
そんな風に感心している間にも幸か不幸か刻一刻とタイマーは進んでいく。
『ちょ、ちょっと二人とも！　後30秒しか残ってないよ！　なんとか頑張って締めて！』
「え、もうそんなに経ったのでありますか⁉　こ、こうなったら——ふははっ！　勇者よ、戦う前に一つ言っておくことがある。私はリンゴの力が無ければ死なないと言ったが別に無くても倒せる！」

「えっと、光も一つ言っておくことがある！　光も幾多の友を亡くし聖剣の為に王女まで手にかけた気がしたが別にそんなことはなかったぜ！　ウオオオいくぞオオオ！　くらえ、ただの剣アタックー！！！」

「ぐはぁ‼」

『はいそこまで！　タイマーが鳴ったので終了だよー！』

こ　れ　は　ひ　ど　い　！

まるで翌週に急遽打ち切りが決定した週刊連載漫画の如き勢いで、即興劇は幕を閉じたのだった。

『はいはい二人ともお疲れ！　感想の程はどうかな？　まず光ちゃんから聞こうかな』

「魔王を倒せたので悔いはない！」

『それでいいのか……次は有素ちゃんお願い！』

「私を倒しても、真なる魔王の淡雪殿が無念を晴らしてくれるはず！」

頼むから私を巻き込まんでくれ……。

『それでは以上元気コンビの二人でしたー！　皆拍手！』

：８８８８　￥８８８８

：３分間経ったから偉い（全肯定）

：風呂敷を広げに広げたけどそれを一切畳まない斬新さ、これがエモさか

さて、これで二組目が終了だ。となると残りの参加人数的に次は——

『さぁ名残惜しいけど次のコンビがラストコンビだよ！　この極限まで温まった場で最後にどんでん返しを起こせるか、昼寝ネコマと山谷還の逆転コンビの登場だー！』

「にゃにゃーん！　企画にクソストーリー誕生の予感を感じ取って昼寝から起床したネコマーだよー」

「リスナーママの皆さんこんに乳首。最近この挨拶も使い古してきたなーって配信で言ったら挨拶黒乳首赤ちゃんと呼ばれて憤慨している還です」

うんうん、どうやらこの企画も終わりが見えてきたみたいだな。

それにしてもなんというか、最後にあまり共通点の見当たらないコンビが来たな。私個人としてもリスナーのコメントを見ても意外の感想が浮かぶ。

『二人ともありがとー！　私が知る限りネコマーと還ちゃんは初めてのコラボじゃない？　どんな経緯で参加を決めたのか質問したいな』

私たちと同じことを思ったのであろうシオンママが代表して疑問をぶつけてくれた。流石期待を裏切らないことに定評があるシオンママだ。

「還からよろしければ組まないですかと声を掛けまして」

「ネコマーも参加しようと思ってコンビ相手探そうとしたところだったから即ＯＫ確定演出だよ」

『ほへーなるほど。へー還ちゃんから誘ったんだー。へーへー』

「に、ニヤニヤした声出してなんですか？　なにか文句でも？」

『いやー淡雪ちゃんとのコラボから変わったなーって思ってね～』

「揶揄うのはスマートじゃありませんよ。だからシオンママは真なるママになれないのです」

『な、なるほど……ママの探究者として勉強になるね』

あのネガティブな傾向があった還ちゃんが自分から初対面の先輩をコラボに誘えるようになったなんて……ママ嬉しくて目からスト○○がストロンＧｏｏｄしちゃう！

娘はいつの間にか成長しているものなんやなって、私の方が年下だけど。

『ところで今回のコンビ名の逆転コンビってどんな由来があるの？』

「そこはネコマーが説明しちゃうぞー！　ネコマは常人とは真逆の嗜好品を好んでいるこ

と、還ちゃんは時間が経ったびに幼児退行が進んでいるから逆転コンビなのだ」
『なるほど、今回の劇順は完全にランダムで決めたものなんだけど、偶然ラストになったから文字通りの逆転優勝を期待したいね！』
：還ちゃん最近楽しそうで安心した
：それな
：真なるママが酒と女にしか興味がない動く酒池肉林とかたまげたなぁ
：動く酒池肉林はパワーワード
：酒やらなんやらでその林臭そう
：まさか臭そうという言葉がＶTuberに対して使われる日が来るとは思わなかった
『それではお決まりの意気込みと賞金の使いみちをどうぞ！　ババーン！』

名前・昼寝ネコマ
大会への意気込み・エド・ウッドになった気分で☆
優勝賞金の使いみち・国内は飽和気味になってきたのでまだ見ぬクソゲーを探しに海外へ赴くための旅行費

名前・山谷還
大会への意気込み・赤ちゃんなので甘めに採点してください
優勝賞金の使いみち・赤ちゃんになれる夢のソシャゲ姫コレへの課金

：あかん、皆己(みんな)の欲求に正直すぎる
：エド・ウッドってなんぞ？
：史上最低の映画監督と呼ばれ数多くの迷作を残した偉人やで
：だめやん……
：還ちゃん姫コレ好きなんか
：姫コレの影響で巨乳の丸メガネキャラを見たら殺意を覚えるようになったって言ってたから結構やってるっぽい
：クソメガネを許すな
：プレイヤーの目の前で新しい仲間を石に変える人間の屑(くず)
：俺はあいつのことを人ではなくメデューサだと思ってる

前置きも終わり、その後も今までの恒例通りルーレットを回しお題を決める流れになったのだが、ここで中々面白いお題をこのコンビは引き当ててしまった。

『謝罪会見！　お題のシチュエーションは謝罪会見だよ！』

「え……」

「にゃんだこりゃー」

『ふふふっ、これはなかなか色物を引いてしまったかもしれないね！　楽しみだぁ楽しみだぁ！』

「どうしましょうこれ、ネコマ先輩謝罪することとかありますか？」

「ないね」

「困りました、還もです。一歩目から躓（つまず）いてしまいました」

『なんで二人とも即答で自分を全肯定できるの？　自分を聖人かなにかだと思ってるの？　ネコマーに至っては今まで散々私をツッコミとしてこき使ってきた謝罪をここでするべきなんじゃないかな？』

これは最後の最後まで荒れそうだな。

「まぁこのままじっとしていても埒（らち）が明かないので、還が謝罪する側やりますか」

「お、いいねぇ！　それじゃあネコマーが問い詰め記者役やるかにゃー。謝罪内容はネコマーが完璧に作るから安心して任せてくれていいぞ」

「期待してます」

『覚悟は決まったようだね？　それじゃあ3分間謝罪会見よーいスタート！』

「えーこの度はお忙しい中お集まりいただき誠にありがとうございます。これより山谷還の謝罪会見を開始させていただきます」

おお！　入りが謝罪会見っぽい！　いい感じに雰囲気出てきたよ！

「今回このような騒動になってしまい、社会を混乱させてしまったことを重く受け止め、一切包み隠さず事の経緯を説明したいと思っております」

『ありがとうございます。それではこれから質疑応答に入らせていただきます。それでは獣っ娘の記者の方、ご質問お願い致します』

「にゃにゃーん！　ライブオン二期生の昼寝ネコマが質問するぞ！　今回山谷還氏がNＫの名物教育番組ママといっしょにて、エキストラの幼児たちに交じり収録中に侵入。そこから更に番組キャストの歌のママと体操のママに養子縁組届を突きつけ、終いには番組カメラマンたちに『お前らテープ回してるやろな？』と脅迫したとの騒動が世間では浸透していますが、これはすべて事実でしょうか？」

だめだこれ！　架空のものだとしても起こした騒動が人間にとって許されるものじゃな

い！

あの悪戯好きなネコマ先輩に罪状を任せた時点で還ちゃんは大きなミスをしてしまったのかもしれないな、ご愁傷様……。

「あ、なるほどぉ、はいはい……なるほどなるほど」

ほら！　還ちゃんも「こいつやりやがったな？」みたいな反応してるし！

：これは先が気になる

：内心本当はやりたがってそう

：還ちゃんの引きつった声でもう駄目だった

：放送事故どころの騒ぎじゃない、これは放送事件や

：草草の草

『えと、か、回答をお願いします！』

だがここで止めてはただでさえ時間制限のある劇の進行を壊してしまうので、一つ深呼吸をした後還ちゃんは口を開いた。

「えーはい。全て事実でございます」

おう、まさかの全て認めるルートを選んだか。流石意外とノリがいい女還ちゃん。

「にゃにゃ！　正直なお答えありがとうございます！　それでは騒動を起こそうと思った

「えー単刀直入に言いますと、やばいと思ったが幼児退行欲を抑えきれなかったです」

経緯をお聞きしても？」

おいこら。

「そもそもですね、還は体こそ大人ですが内に眠る熱きソウルは赤ちゃんなのです。なので私の行為を騒動呼ばわりされることそのものが誠に遺憾ですね。少なくともあの瞬間私は憧れの番組に出演している興奮からあらゆる思考能力が赤ちゃんレベルまで低下していました」

「にゃ、にゃるほど？　えっと、つまり還氏は自分を赤ちゃんだと言い張るわけですな？失礼ですが年齢をお聞きしても？」

「年齢なんて数字です、年寄りにはそれが分からんのですよ！」

「その発言が赤ちゃんから出るわけないだろ！　ま、まぁいいでしょう。えー次は歌のママと体操のママに養子縁組届を突きつけた件ですが、これはどういった考えの上での行動ですか？」

「ママと名乗るのなら私のママになれ、以上！」

「にゃ、にゃにゃ？　い、意味が分からないです！」

「あなたには分からんでしょうねぇ！」

：信じられるか？　これ謝罪会見なんだぜ？
：完全に開き直ってて草
：なるほどつまりは重くないか？　その称号（ママ）ということですか　￥240
：分からんでしょうねぇって言われても分かりたくないです
：ちょっと195回スパチャして300万円送ります
「というか私ばかり責められてる方がおかしくないですか？　そこのネコマ記者にも様々な罪状があることを私摑んでいるんですからね‼」
「にゃ？」
「おら！　早く処刑台上がれやおら！　今度は私が攻める番や！」
「にゃにゃにゃ⁉」
「お前の悪事全部白日の下に晒し上げてやるから覚悟しろやおらぁ‼」
「にゃにゃにゃ⁉⁉」
「えー記者の山谷還です。よろしくお願いします」
『おおっと！　な、なんだこの展開は⁉　まさかのここにきて被告と記者が選手交代、いやポジションチェンジというべきか！　二人の立ち位置が一瞬にして入れ替わったぞ⁉　残り時間1分で一体何を見せてくれるのか⁉』

あほやん。
：大草原不可避
：はえー謝罪会見ってスポーツだったんすねぇ
：世間の敵意をどちらが多く相手にぶつけられるかを競うマインドスポーツやぞ
：一転劣勢（チェンジサレータ）
：なるほどぉ、逆転コンビの名はこれの伏線だったわけですか
「というわけで、ネコマ氏質問よろしいですね？」
「はいよ、これが因果応報ってやつか」
「えーこの度はネコマ氏が友人三人を野球をしようと誘ったにもかかわらず人類史上屈指のクソゲー野球ゲーム、通称ダメジャーをプレイさせた容疑が掛かっていますが間違いないですね？」
「え、ええやんそれは別に！　なんでネコマはクソゲーやらせただけで謝罪会見やらされとるんじゃい！」
「とぼけないでください！　その友人のうち一人は執拗（しつよう）にピッチャーにケツを向けながらジャッジしてくる審判の姿を見て爆笑しすぎて笑死。二人目は野球部だったにもかかわらずゲームのあまりの衝撃から野球というものが分からなくなりイップスを発症。三人目は

もう少しでこのゲームという名の苦行をクリアというところでフリーズを起こし精神崩壊。三人の人生を狂わせた罰は償ってもらう！」

「なんだその甚大すぎる被害は！　ネコマの大好きなダメジャーに謝れ！」

「それを言うなら原作が好きで少ないお小遣いを叩いてダメジャーを買った子供たちに謝れ！」

凄まじいテンポで罵り合い？　を展開していく二人。シオンママが進行を入れる暇すらないほどの止まらぬ言葉の連鎖が続いていく。

もはやこの劇を見せられてる私たちの方が笑死しそうなのだが……。

「にゃ、にゃんという正論っ！　だが負けるなネコマ！　大丈夫、ネコマは一人じゃない。顎が割れた赤い彗星、麻雀ができるようでできないジャッシーこと緑色のよくわからんきもいやつ、階段程度の段差でも落下死する探検家、他にも沢山の仲間がネコマにはついてるんだ！」

「まともな仲間が一人もいねぇじゃねぇか！　お前の住んでる場所はナザ○ック地下大墳墓ならぬナザ○ック地下大糞墓かよ！」

「にゃにゃ！　こいつは一本取られた！　褒美に邪神像を一つ授けよう。チャクラ宙返り、邪神モッコス、邪神セイバー、どれか一つを選んでね！」

「一つも分からないけど受け取ったら後悔することは分かる」

『ちょっと失礼！　残り時間もう少しだからそろそろ締めに向かってねー』

流石に時間を無視することはできないのだろう、シオンママが意を決して二人の会話を遮り劇の締めを頼んだ。

「くっ……ここまで来たら還とネコマ先輩の二人だけで劇を締めることは不可能でしょう。こうなったらどちらの謝罪会見が良くできていたか第三者に判断してもらうしかないと思いませんか？」

『え』

「にゃん、確かにその通りだ。それではシオンに決めてもらうとしよう」

『えぇぇ……』

「「さぁシオン（先輩）、謝罪会見として優れていたのは――どっち!?」」

『二人とも謝罪会見に対する謝罪会見が必要だよ‼』

　シオンママの渾身のツッコミが入ったと同時にアラートが鳴り、あまりに密度の濃すぎた3分間は終了となった。

　これで最後のコンビの劇が終了だ。

：締めを進行役に投げるなwww
：まぁツッコミを丸投げてたあほ二人もいたし多少はね？

：嵐のような3分間だった
：ネコマーの知識量どうなってんだ……

：さぁどのコンビが勝つか……

『それでは感想を聞きますか、還ちゃんどうだった？』

「なんかよく分からなかったですね」

『当事者なのに⁉』

「でも楽しかったのでＯＫです！」

『そ、そっか……ネコマーはどう？』

「なんだったの今の？」

『張り倒すぞ』

「にゃにゃ⁉　えっと、還ちゃんが合わせてくれたからやりやすかった！」

『それでよし。それじゃあ一旦皆に集まってもらおうかな』

　さぁいよいよドキドキの結果発表の時間だ。

皆通話を繋いだ状況になるも、静かに結果を待っている。

確かな手ごたえはあったがどうか――

『それでは優勝を発表します！　最も場を沸かせ記憶に残ったのは――――放送事故ンビの二人だあああぁ‼‼』

「「っ‼　やったあああああぁ‼」」

様々な感情入り交じる場の中で歓喜の声を響かせた私と聖様。

両手を高く掲げた喜びのポーズは完全にコロンビアだ。

『やっぱり息が一番合ってたのが大きかったのかな。大人気だったみたいだね』

「がっぽがぽやでがっぽがぽ！　よっしゃあ今度皆でステーキ食いに行こうぜ！　私と聖様のおごりじゃあ‼」

「いいねそれ、参加したいライバーは聖様に報告してくれ。勿論この企画に参加してなくても大丈夫だ。というかライブオンの社員さんも良かったら来てくれ。皆で素敵な夜にしよう」

私と聖様の掛け声で一斉に残念がってた皆まで同じく歓喜の声を上げた。

いいねいいね！　やっぱり皆楽しいが一番なんだよ！

『えと……二人ともそれで本当にいいの？　ステーキなんて大人数で食べにいったら賞金

あんまり残らないような……買いたいものあるんでしょ？』

「え、10万でヨントリーが買えるわけないでしょ、シオンママ疲れてるんじゃないですか？」

『死ぬほど納得できない回答が返ってきたんだけど……』

「元から優勝したら皆でおいしいものでも食べに行こうって淡雪君と話してたんだよ」

『え、そうなの？　じゃあ最初から言ってくれればいいのに！　まったく、ボケなきゃ呼吸できない体なの？』

ふははははは‼　皆見たか！　これが二期生の変態と三期生のエースの実力じゃい‼

初めての案件

ライブオンの事務所前――

「――よしっ！」

事務所とは言ってもライブオンはあまりお堅くない社風の為(ため)、お邪魔するときもリラックスできるのだが、今日はいつもの鈴木さんとの打ち合わせではない。

なんと！　この度私、心音淡雪にアプリゲームの案件が届きました！

初案件ですよ初案件！　ライブオンは問題が見当たらない案件だったら引き受ける姿勢だが、私は今まで案件に恵まれなかった。

例の切り忘れ事件前の最初期の私はイマイチパッとしない存在だったため、トークが得意な同期のましろんや光ちゃんに案件は集中した。

事件後は人気が文字通り大爆発して軌道に乗ったのだが……そのぉ……キャラがね？

はい、お察しなわけですよ。皆も国家機密のやり取りを伝書鳩(でんしょばと)に任せたりしないでしょ。

ライブオンで特に案件が集中する人たちの傾向を見ると、

シオン先輩＝企画力と安心感
ましろん＝イラスト関連の深い知識と知名度
光ちゃん＝元気なリアクション
エーライちゃん＝動物に関する深い知識

みたいに各々(おのおの)が納得の強みを持っているのが分かる。

これをだね、私に当てはめるとこうなるわけだ。

心音淡雪＝スト○○と女

どうしろと？　一体企業様はこれに何を頼めと？　ただでさえヨントリーという特定の対象に偏りすぎにもかかわらず、それを『女』の一文字で玉砕するスタイル、最高にシュワシュワである。この潔さは将棋で言えば開始直後から金の真後ろに玉を配置した下ネタ式精神攻撃フォーメーションで相手陣地に突撃しているようなものだ。対戦相手は逃げていき、そして今後誰も対局してくれないだろう。某天才の対義語であるハブられ名人の誕生である。

そんなわけで、こんなイロモノに自分から企業自慢の品を任せるのは難しいなんてことは私が一番分かっていたわけですよ。

だがしかし！　実際に現在私の下には案件が届いている！　私は案件を依頼するに足りる人材だと認められたわけだ！

更にだ！　この案件実はただの案件ではなく、依頼したアプリゲームの広報大使になってくれませんか？　という超ＶＩＰ待遇付き！

なぜここまで推してくれているのか正直謎だが、今日初めての案件の打ち合わせを迎えて、私は気合いが入りまくっているわけだ！

気持ちいつもより大きな歩幅で事務所に入り、打ち合わせに使う部屋を教えてもらう。どうやらもう企業の担当者さんが来ているらしく、私のマネージャーさんであり、一緒に打ち合わせに参加してもらう予定の鈴木さんと部屋で一足先に話しているらしい。

急いで部屋に向かい、ドアをノックする。

「失礼します！　遅れてしまい大変申し訳ありません！」

「いえいえ、こちらが早く着きすぎてしまっただけですから大丈夫ですよ。まだ予定の時間前ですしね」

「こんにちは雪さん、慌てなくても大丈夫ですよ」

部屋に入ると担当者の女性の方と鈴木さんが微笑(ほほえ)みかけてくれた、一安心……。

その後、お互い名刺交換などの挨拶事項も済ませ、いよいよ案件の打ち合わせに入る。

今回案件を頂いたアプリゲームの詳細なのだが、簡潔に言うと様々な種類のお酒を擬人化したキャラクターがアイドルになってワイワイする感じ。タイトルは『酒ドル！』。

この情報自体は事前に知っていたので、今日は案件の配信をどんな内容にするかの相談がメインの打ち合わせだ。

「それではですね、かたったーで宣伝などしてもらった後、予定している日時に淡雪さんに実際にゲームをプレイする配信をしていただく流れでよろしいですか？」

「はい！　そこでですね、実は配信について見てもらいたい資料がありまして……」

「はい？」

担当さんと鈴木さんに書類の束を渡す。これは私が自主的に作成した物で、この案件にどれだけ本気で取り組みたいと思っているか、その思いが詰まりに詰まっているのだ。

見よ！　この完璧に書き込まれた、一切余すことなくゲームの魅力を伝える為の配信計画書を！

進行の手順から言うべきセリフまで、それはそれは細かく1ミリの粗もないように作りこんでやりましたよ！　勿論飲酒なんぞ論外！

「資料に沿って口頭でも説明していきますね！」

この時点で呆気(あっけ)に取られている二人を見ていい気分になりながら、ブラック企業時代にこれでもかという程鍛えられた自慢のプレゼンを開始する。

あいつらマジで新婚家庭に介入する姑(しゅうとめ)かよってくらい粗さがししてバカにしてくるからな、社内会議で一か所漢字間違えてただけで1時間罵声浴びせられたときは次の資料全部中国語で書いてやろうかと思ったわ、書けないけど。

結局は日頃の鬱憤を適当な理由を付けて発散したいだけ、そしてそれが新たなる鬱憤を呼び社内全体が黒く淀んでいく、それがブラック企業。

まぁ今日限りはその経験を役立たせてもらうよ、どうよこの欠点をどれだけ探そうとしても見つからない至高のプレゼンを！

「――という流れでやろうと計画しています、いかがでしょうか？」

ふはははっ！　優雅にプレゼンを終えた私を瞬きも忘れて見つめる二人、これはもう完全に流れ掴みましたね！

きっとこの案件は大成功して、噂が噂を呼び、やがて私の下には毎日のように案件がやってくるビジネス系VTuberの道も開拓してしまうわけですよ！

おおっと、当たり前だけど案件以外の普段の配信もしっかりやらないとね！　これから忙しくなるぞー！　あはははははは‼

「「あの……」」

「はぁい！」

さぁさぁ！　拍手喝采が来ますよ皆さん！　黄色い歓声と共に私のことを崇め讃える未来が私にははっきり見えている！

「『これ……』」

「うんうん！」

「『全没です』」

うん、認めたくなくてあああぁぁ――!!!! 全力で目を逸らしてたけど、なんか途中からこうなるんじゃないかって気はしてたよ……。

「なんで!? これだけ詰めてるんだから一部ならまだしも全部没ってことはないでしょ!?」

「いやぁ、だってですね……」

「雪さん、これは私のご報告に問題がありましたね、大変申し訳ございません。実はこの案件は雪さんの中のシュワちゃんに対する案件なんですよ」

「は？」

なんとも理由を言いにくそうな様子の担当さんに代わって、鈴木さんが事情を説明してくれる。

「まさか資料まで制作してくださるとは思わず……情熱を汲み取ることが出来ず申し訳ございません」

「いや、まぁその、私も『こんなのサプライズで作ってきました！　すごいでしょー！』ってアピールしたくて黙っていたところもあるので、むしろこちらこそ申し訳ないですが……」

「あらあら、淡雪さんは配信外でもかわいらしいお方なんですね！」

「なに一人ほっこりしてんねん」

「雪さん、どーどー。これ案件ですよ」

はっ！　いけない、感情が昂りすぎてノリが配信中みたいになってしまった。

担当者さんも人なわけだから、ライブオンのライバーと同じノリで接したらドン引きされちゃうよね、落ち着いてー……落ち着いてー。

「話を案件に戻しましてー……なぜシュワなんです？　自分で言うのもなんですけど放送事故起こしますよ？」

「あらあら、放送事故の犯行予告とは斬新ですね！　ふふふっ」

「なにわろてんねん」

「雪さん、お座り」

なんだこの担当者さん、なぜ狼狽えない？　シュワに案件を任せることがどれだけ危険か分かっていないのか？

「理由を説明してください！　私もこれだけ本気だったわけですから、正当な理由がないと納得できません！」

「理由ですか、それは勿論！」

「勿論？」

「面白そうだからです！」

「脳の働きサ終してますよ」

「雪さん、ハウス」

あぁ、段々頭が痛くなってきた……でも同時に分かってきたよ、なんでこの人がよりにもよって私に案件を依頼したのかが。

アプリだけに留まらず社員まで酒に染まってるタイプのゲーム会社なんだなこれ！　酒好きと酒好きは惹かれ合うってそういうことなんだな！

「正確に言いますとお酒が題材ということでシュワちゃんさんとマッチしていますし、それに面白くしてくれると信じているので！」

「まぁ確かに面白くはなるかもしれませんね、代わりにアプリの宣伝が犠牲になると思いますけど」

「あらあら、そんなこと言って、シュワちゃんさんは確かに破天荒ですけど、なんだかんだ一度やると決めたものはしっかりやるじゃないですか」

「破天荒な時点で案件としてはOUTだと思うんですが……計画性とかなにもない配信になりますよ？」

「シュワちゃんさんがゲームを楽しそうにやっていることが一番の宣伝になると考えています。もう遊び方も好き勝手やっちゃって大丈夫です！」

「なんかそれらしいこと言い出しましたね……悪い点とか見つけたら言っちゃいますよ？」

「どうぞどうぞ！　こちらも良いゲームを作っている自信があるのでどんとこいです！」

「うむぅ……」

どうしよう、本当にシュワでの配信を望んでいるみたいだ……。

やるのか？　やってしまうのか？　泥酔しながら案件とかそんなことが許されるのか？

「雪さん、私は今回の件、ありだと思っていますよ」

「鈴木さん……」

悩む私を見かねてか鈴木さんも説得に入ってきた。

「雪さんが到着するまで私と二人でお話ししていたわけですが、このお方、心音淡雪ガチ勢ですよ」

「へ?」

「はい！　私淡雪さんの大ファンで、社内でも大人気なんですよ！　そもそもだから依頼したんです！　知名度があるからとりあえず頼もうなんて一切思っていません、淡雪さんに任せたいから頼んでいるんです！」

「えぇぇ、まじですかぁ……」

冗談抜きですごい会社だな……。

「マネージャーである私も通してよさそうと思ったから雪さんに話が伝わったわけですしね」

「そうですよね……」

うん、お二人もこう言ってくれているわけだし、ただの思い付きじゃないのならチャレンジしてみるのもいいかな。

人生何が起こるか分からないってことは私が一番よく分かっているつもりだしね！

「あ、お引き受けしてくださるのなら、感謝の気持ち兼配信の小物としてスト〇〇各種セットの方を後日お届けしますね！」

「やります」

「突然の即答。今までのストーリーを0に帰すのはやめてください、スト〇〇だけに」

「何言ってんのお前？」

「雪さん、自害しろ」

「犬のしつけからレベル上がりすぎ!?」

「あらあら～」

というわけで後日――

「皆さまこんばんは。え～今日はですね、なんと私にアプリゲームの案件が届いたわけですね、それはそれは真剣に、誠心誠意配信の方取り組ませていただこうと思っているわけです（プシュ！）」
：第一声から矛盾するな
：口調は真面目なのになんの躊躇（ちゅうちょ）もなく手元でプシュるの草
：プシュる（動詞）
：声帯操られてますよ
：手元じゃなくて声帯を疑うの草

：え、飲むの？　案件で？　まじ？
：流石にネタでしょｗ
「ゴクッ、ゴクッ、ゴクッ、プハアァァァ!!　案件の日に飲む酒うますぎいいいぃい!!」
：大草原
：名言過ぎるだろ
：えぇぇ
：コスプレプレイするのやめてもらえませんか？
：特殊な環境下でスト○○キメることをコスプレプレイって言うのやめてもらえませんか？
：マジで飲んどるやん……
：いいのかこれｗｗｗ
「いやね、みんな聞いてよ！　私だって案件の日に酒を飲むほどなめきってないから！　これには深い事情があるんだよ！」
開幕から色んな意味で大盛り上がりを見せるリスナーさんたちに打ち合わせの時に何があったのかを説明する。

：朗報、ゲーム会社さんもシュワシュワだった
：東証ー196部上場企業
：上場どころか沈んでるんだよなぁ
：まぁ普通の会社はシュワちゃんに頼もうとは思わんわな笑
：でも細かな説明ばっかより楽しく遊んでる方が宣伝効果がありそうなのは分かる
：褒めてもらいたかったあわちゃんかわいい
「てなわけでね、もう計画性以前にそもそも案件とかの事情ガン無視してやりたいようにやってやろうと思ったわけ！　どうなっても知らないかんな！　見てろよゲームの運営共！　べろべろばー！」
：前代未聞過ぎるwww
：べろべろばーって実際に言うやつ初めて見た
：いよいよ酔いが回ってきたな……
さて、この酒コレというゲームだが、内容を詳しく説明すると、お酒が擬人化したキャラクターと杜氏（日本酒以外も出るが気にしてはいけない）となったプレイヤーが切磋琢磨し、世界一の酒ドルを決めるコンテストに出場して優勝を目指すみたいな感じ。
世界観説明を兼ねたチュートリアルが画面に流れる。ふむふむ、今のところそこまで尖

った要素とかはないな。

さぁ、ここからはソシャゲの伝統ガチャの時間だ。所謂（いわゆる）課金要素である『石』を使って引くところも基本的なソシャゲを踏襲している。

「えー、このゲーム既に正式リリースされているみたいなんですけど、今回は案件用のデータということでね、ある程度ガチャ用の石がある状態のデータを使わせていただくのでご了承を」

：おけ

：なんだ、爆死しないのか……

：ほんまかー？

「よっしゃ！　それじゃあ最初の十連いってみましょー！　狙いはスト〇〇一択！　私はスト〇〇を世界一の酒にしてみせる！」

華やかな演出とともにお酒の名前が付いたキャラクターが一体ずつ登場していく。

おー……キャラデザ凝ってんなぁ……。２Ｄモデルだけどめっちゃぬるぬる動いてるし、声優さんも一流。この時点で気合いが入っているのが伝わってくる。

感心しながらスト〇〇ちゃんの登場を願いつつ画面を眺めていた私だったが、４体目のキャラクターが登場したとき、思わず目を見開き驚きの声を漏らしてしまった。

「こいつはまさか——オス……だと？　なぜこんなところにオスが居るんだ⁉　そんなバカな⁉　……もしや竿役か？　いやそれにしては顔が良すぎる……あまりに美形な竿役は批判を招くぞ……」

：そのリアクションは草
：人の男のことオスって言うな……いや、酒だからセーフなのか？
：アマゾネスかな？
：竿役ｗｗ エロゲかよｗｗ
：やっぱりこの子男女比がぶっ壊れてる系貞操逆転世界の住人だぞ
：まぁ男性アイドルも普通にいるからね

「な、なるほど、確かに男のアイドルも実装されてても不思議じゃないよね……私が女以外を欲するなんてありえないから勝手にいないと思ってた……」

気を取り直してガチャ画面を進めていく。

このゲーム、キャラのレアリティが星1から3まであり、話を聞いた限りだと1種類のお酒につき各種レアリティが存在しているらしい。例えばビールというキャラがいるとして、全ての星にそのキャラはいるが、性能やイラスト、衣装などが違っているという形式になっている。

最初の十連が終わった。

「星3はなしか……でもあまり関係ない！　私が目指すのは星3のスト〇〇ちゃんのみ！
それが出るまで回し続けるぞ！」

‥シュワちゃん……

‥スト〇〇ちゃんは……

‥ヒント、このゲームにブランド商品のキャラクターはまだ実装されていない

その後も一点狙いでひたすら引き続け、星3のキャラクターも何体か引けたが、何故(なぜ)かスト〇〇ちゃんの姿は影すらも見えない。

そして最後の十連――

「どうじでだよぉお！」

星3すら引けずにあっけなく爆死してしまった。

「おかしい……こんなの絶対おかしいよ……私は彼女に誰よりも愛情を注いでいるのに……」

なぜ？　なぜ？　なぜな

ぜなぜなぜなぜなぜなぜなぜなぜなぜなぜなぜなぜなぜなぜなぜなぜなぜなぜなぜ……。

「……なるほど、やっと分かったよスト〇〇ちゃん、君は私の愛を試しているんだね。というわけで課金します」

：⁉

：シュワちゃんがヤンデレ属性を手に入れてしまった……

：アルコール依存症かな？

：え、これ案件だよね？

：金払って仕事する社畜の末路

「え、課金ボタン押せないんだけど⁉　なんで⁉　私はスト〇〇ちゃんに愛を伝えないといけないのにいぃ‼」

何度押しても、試しに画面を開き直してみてもなぜか課金ボタンが反応してくれない。

こうなったら……。

「――ゲームの運営と話してきます」

：⁉⁉

：なんで案件でクレーム入れようとしてるのこの子

『はいもしもし！』

「あ、担当さんですか？　淡雪です」

『はいそれはそれはよく分かっていますよ、だって配信見てましたからね。なんなら淡雪さんの声は今も配信に乗っていますからね。衝撃の展開に驚きすぎて逆に冷静になっています』

「それなら話は早いです、課金させてください」

『あのですね淡雪さん、これは案件用のデータでして、時間が経ったらデータが消えてしまうんですよ～。なので課金は出来ないようにしてあるんですね』

「それなら新しい案件用のデータ下さい」

『えええ⁉』

「できないんですか？」

『いやあの、できないことはないんですけどもー』

「じゃあお願いします今すぐ」

『い、今すぐですか？』

「えできないんですか？　できますよね？　さっきできないことはないって言いましたよ

ね？　じゃあできますよね？」
『淡雪さんからえげつない圧を感じます！』
：運営さん大困惑不可避
：案件データリセマラは斬新すぎる
：めっちゃ効率いいな。選ばれし者しかできないけど
：その場限りのデータだから効率も最悪なんだよなぁ
：圧たすかる
「私はなんとしてもスト〇〇ちゃんに愛を伝えないといけないんだ、だから早く石を、石を私に……」
『あの～……淡雪さん？』
「はい？」
『その～……非常に言いづらいことなんですが～その～』
「私の企画書に全没叩き（たた）つけた人が今さら何を！　もうなんでも言ってくださいな！」
『そうですよね……ええと、そこまでの熱意に水を差してしまうようで非常に申し訳ないのですけど……このゲーム、スト〇〇というキャラクターはいないんですよ』
「は？」

『やっぱり権利的なあれがありまして、スト○○に限らず特定のブランド商品のキャラクターなどはまだ実装できていないんですね……』

「…………………」

数秒の間頭がフリーズしてしまい無言の時間が流れてしまう。

「え？ ということはスト○○ちゃんに会えないってことですか？ どれだけ頑張ってガチャ回しても絶対にこの愛が届くことはないってこと？」

『はい……』

「……え？

「え、クソゲーじゃん」

：シュワちゃんんんん――!?!?

：wwww

：コラアアアァァァァ――!!!!

：案件で絶対に言っちゃいけないこと言いやがったwww

：事案件

：どこを切り取っても放送事故の女

：放送事故の擬人化

：virtual当たり屋
：運営さんの声聞こえなくても簡単に会話内容察することできて草
『お、落ち着いてくださいい淡雪さん！　このゲームには「レモンチューハイ」ちゃんが居るんですよ！』

「うるさい黙れ！　スト○○ちゃんは唯一無二なんだよ！　そんな有象無象とひとくくりにまとめるなんて失礼だぞ！」

『違うんですよ！　このゲームお酒に名前を付けることができて、更にその後の強化の仕方で性能が変わるんですよ！』

「ほぉ？」

『つまりですね、星３のレモンチューハイちゃんにスト○○と名前を付けて、尖った成長を施せばスト○○ちゃんを淡雪さんの努力次第で生み出すことができるかもしれないんですよ！』

「な、なんと‼」

一瞬地の底に沈み暗闇に溺れた心に再び光が差した。

「神ゲーじゃん！」

『あらあら、ゲームの評価基準に深刻なバグが発生しているようですね』

「そうと聞けば早速レモンチューハイの星3を引き当てなければ！　課金できないので早く新しい案件データください！」

『そこは本当に要求してくるんですね……星2は引けてましたよね？　それではだめですか？』

「スト○○ちゃんは最高レアリティ以外ありえないって古事記にも書いてあるでしょ？　不敬罪に処しますよ？」

『それは多分古事記じゃなくて誤字記ですねー』

その後、ちゃんと案件用データをもう一度貰えることになったので、何があったのかをリスナーさんに説明しながらもう一度ガチャができるまで最初からになったゲームを進める。

「よっしゃ！　運営さんのおかげでもう一回ガチャを引けることになったんで、リトライしていくどー！　狙いは星3のレモンチューハイちゃん！　私が調教を施して立派なスト○○ちゃんに育て上げるんだ！」

：依頼主にうるさい黙れは草、失礼なのはおまえやｗｗ

：レモンチューハイちゃん逃げて！

：古事記「スト○○ちゃんは最高レアリティ以外ありえない」

：古事記に落書きするのやめてもろて
：八咫鏡(やたのかがみ)、草薙剣(くさなぎのつるぎ)、八尺瓊勾玉(やさかにのまがたま)、スト〇〇
：違和感ないな
：感性死んでますよ
：オーパーツやめろ
：おパンツやめろ？　ノーパン主義者なの？
：文字で聞き間違えるやつ初めて見たわ
：シュワちゃんスト〇〇ノミコト説
：存在しない奴(やつ)に説もなにもないやろ……

　意気揚々とガチャの海へと再び潜り始める。だがやはり星３を出すだけでもきついのに、何体もいる中から一点狙いはそう簡単にはいかない。

　結局二周目もあっという間に石は消え去り、空振りに終わってしまった。

「ちょっと電話しまーす……」

『はいもしもし？』

「アンコール！　アンコール！」

『あらあら、もう潔(いさぎよ)さすら感じますね……』

再び案件データリセマラで石を補充し、ガチャに挑む。

だがこれでもだめ！　スト〇〇ちゃんに思い届かず！

「ちょっと電話しまーす……」

『はいもしもし？』

「アルコール！　アルコール！」

『あらあら、今アルコールが欲しいのは私の方ですよー』

その後、何度もリベンジを重ねたのだが、純粋な運の悪さも響いてデータの死体と時間だけが積みあがっていく。

ここまで引いたら出ても全くおかしくないはずなんだけどなぁ……。

このリセマラ、チュートリアルの仕様上どうしても一周にそこそこの時間がかかる。最初のうちは気にならないのだが、段々と一切の進展もなしにガチャ画面をループしている現状に配信者として焦り(あせ)が出てきてしまった。

いや案件でこんなことしている時点で手遅れだろって思う人もいるだろうし、それは多分ぐうの音も出ないくらいのド正論なんだけど、私としては配信の面白さだけは何をしでかしても守り続けたいんだよね。

案件リセマラという行為も最初はインパクトがあって面白いが、基本同じ風景がループするためそろそろリスナーさんにも飽きが出てきてしまうだろう。ここまで来たら私と同じくスト○○ちゃんを引くシーンを期待しているリスナーさんも多いだろうが、余り粘りすぎも考えものだ。

案件としてガチャだけじゃなくゲーム内容も見てもらわないといけないし、それを考えると時間的にこのデータを最後にしないとまずいな……配信は21時から開始しているので、人が減る深夜にもつれ込むのは案件としても申し訳ない気持ちがある。

「くっ、だめか……だめなのか……ッ！」

だが最後のデータだからといって何か運命力が働くわけでもなく、スト○○ちゃんに届かぬまま石だけが消えていく。

絶望感に打ちひしがれながらいよいよ石は最後の十連のみへ……。

「ほあああぁぁぁああ!?!?」

まさかのここで星３確定演出‼

「来てる！　最後の最後でこれは完全に流れ来てる！　スト○○ちゃんはエンターテイナーだからやっぱり舞台を分かってるんだよ！」

：!?

：やったか!?

：俺、スト〇〇ちゃん引いたら結婚するんだ
：勝ったな、風呂掘り当ててくる
：一斉にフラグ立てまくるの草

「さぁいらっしゃいスト〇〇ちゃああああ……………ああ？」

光り輝く演出と共に登場した人物は――

『ふーん、アンタが僕の杜氏？　まぁ悪くないかな』

銀髪のショートカットとボーイッシュな雰囲気が魅力的な美少女、白ワインちゃんだった。

しばらくの間呆然と白ワインちゃんを見つめてしまう。

いや、確かにスト〇〇ちゃんが出なかったのはショックだし、他のキャラクターが出てたら泣き叫んでのたうち回っていたと自分でも思うんだけど、このキャラは……。

「いい……すごくいい……ましろんみたいだ……」

星2以下なら何回も出ていたと思うんだけど、フードを被っていたりであまり顔が良く分からなかった。だけど顔をはっきり出している星3で改めてキャラを見ると、姿、性格、どれもましろんによく似ていて性癖の真ん中ドストライクだ。

完勝か惨敗かしか想像していなかったから、この展開は困惑するな……私は一体どうす

べきなんだ？

とりあえずガチャ画面を閉じると、ゲームのホーム画面に白ワインちゃんが全身像で表示されていた。ここも作りこんであるようで体をタッチするとその場所に合った反応を示し、セリフを言ってくれる、かわいい。

「ドゥフ、ドゥフフフ、おほ――――（＇ε＾）」

：キモすぎて草

：キッツ

：どこからそんな声出してるんや

：もっとケツから声出せ

：→ニキは自分がおかしいことに気づいて

頭とかソフトな部分を触りつつ、どこか冷たい対応をしてくれる僕っ娘白ワインちゃんにスト○○ちゃんに出会えなかった傷を癒してもらい、段々とテンションが戻ってきた

――そんな時だった。

一つのコメントに視線が吸い込まれた。

：白ワインちゃんは男やで

――――は？

「え、今のコメントまじ？　え、この子男なの？　え、そんなことある？　こんなにかわいい子が男なら私はちんちん二刀流の方の両性具有になっちゃうよ？」

：え？

：男なのか……

：男の娘ってやつやな、しかも狙ってない天然の

：流れるようにとんでもないこと言うな

：玉が2個あるんだから棒が2本あっても不思議じゃないだろ

：お前の股間宮本武蔵（みやもとむさし）かよ

慌てて画面を白ワインちゃんのキャラクター詳細に切り替える。

……本当だ、性別の欄が♂になってる。間違いない、この子は男なんだ。

「へー……じゃあこの子はこの見た目で付いてるってことか…………へ――……」

…………ツンツン。

『ひゃあ!?　どこ触ってんの！』

：股間を触るな www

：いやいや、これはあくまでも性別を偽っていないか確認するための手段でありまして別に他意などないわけでありまして

：ヴォ〇ギン大佐みたいな確かめ方してんな

ツンツン……ツンツン……ツンツン……。

：何回やんのwww

：無言で股間を触りまくるの怖すぎる

：みんなこれ案件だってこと忘れてそう

：まじでずっとつついてて草

ツンツン……ツンツン……ツンツン……ツンツン………。

：おいやべぇぞこいつ！　もう触り始めてから10分経っちゃったぞ！

：案件動画で無言で延々と男キャラの股間をまさぐったライバーがいるってまじ？

：お前らの推しだろ、なんとかしろよ

：これもうそろそろ白ワインちゃんイクだろ

：白ワインちゃんの白ワイン飲みたい

：見てはいけないコメントを見てしまった気がする

「――うん！　結論出ました！」

しばらくの間、この白ワインちゃんの在り方は私にとってアリかナシかについての議論が頭の中で開かれていたが、ようやく考えがまとまった。

「これだけかわいいのなら付いてる方がお得！」

男の娘、全然アリだね！

：樹海

：分かりみが深い

：やったぜ、女装渓谷買ってきます

：こんなにかわいい子が女の子なわけがない

：この人のコメ欄猛者（もさ）が多すぎる

「いやいや、もっとシンプルに考えてみなされ。基礎性能が同じの武器が2本あったとして、片方に属性付与がされていたら属性付きの方選ぶでしょ？　そういうことよ」

：はい論破

：付いてる代わりにないものもある気がするのですがそれは

：まぁ男も妊娠できるしな

：!?
：この前読んだ男の娘もの同人誌で竿役のおっさんがガン掘りしながら尻の中に子宮形成してたから間違いない
：!?!?
：意味が分からな過ぎて草
：突き方を工夫することで尻の中を子宮の形に変えてたんよ
：天才
：テクニシャン過ぎるだろ
：ここまで全てがおかしいと思える話も珍しいぞ
：同人誌で学んだことを間違いないと言える純粋さ好き
：保健体育の教科書だから仕方ない
「ふへへぇ……かわいいなぁ白ワインちゃん……メス堕ちさせたい……今度リアルでましろんをメス堕ちさせるか」
：これ案ｒｙ
〈彩ましろ〉：僕は既にメスなんだけど
「ましろん!?」

：おおおおおおお⁉
：ましろん、その発言はちょっとやばいのでは……？
：神報、彩ましろ氏、自分がメスであることを認める
：やはり既にデキていたか
：生きてててよかった
〈彩ましろ〉：いやこれは僕は元から女だという意味であって
：ましろん今顔真っ赤になってそう
：尊死
：（破壊力が）デカ過ぎんだろ……
：めすろん
〈彩ましろ〉：案件でやらかさないか心配で来てたけどもう手遅れなので帰ります
：キマシタワー
：あ～、あ～、、、あ～
：喜びすぎて語彙力無くなってるの草
：スト○○ちゃんはいいのかシュワちゃん！
「はっ⁉」

そ、そうだスト○○ちゃん！　白ワインちゃんのかわいさとましろんのメス発言に気を取られていたが、本来私がこんなに頑張ってガチャを回したのはただ一人、愛(いと)しのスト○○ちゃんの為(ため)ではないのか⁉

でももう時間が押しに押しまくっている……テンポ的に白ワインちゃんのキャラクター紹介をさっきの股間10分触るだけで終わらせないといけないくらいには押している……。

「スト○○ちゃん……確かにみんなも見たいよね……でも時間が……」

どうすればいい？　確かにスト○○ちゃんは見たいが、ガチャである以上元になるレモンチューハイがあとどれほどの時間で出るのか一切読めない。課金をしているわけでもないので天井も勿論(もちろん)ない。

それに目の前の白ワインちゃんがかわい過ぎてこの子で進めたいという欲求もある。

：これは仕方ない

：運が全てだからなぁ、十分頑張った！

：白ワインちゃんはいいぞ！

みんなも気遣って優しいコメントを打ってくれている。ううう……みんなありがとう……。

ああでもスト○○ちゃんから浮気(うわき)するのは心が……。

「――そうだ！」

このゲーム、さっき運営さんから聞いた通りならこの白ワインちゃんにも名前が付けられるはず！

「えーっと、ここで名前付けられるのか！　よし、これをこうやって、こうしてやれば――」

【スト○○（白ワイン味）】

「よっしゃあああああぁぁこれでどうだあああああぁぁ――!!!!」

：草

：ごり押しじゃねーかｗｗ

：本当にこの名前でよろしいですか？

：自信満々に叫んでるとこ悪いけどあわちゃん以外の全員困惑しとるで

：名づけられた白ワインちゃんも多分困惑してる

『スト○○（白ワイン味）って……僕の名前？　へー、意外とセンスあるね』

「なにか？」

：三文字でイキりまくってるのが伝わってくるのすごい
：存在を上書きするな
：白ワインちゃん正気に戻って！
：センスあるは多分皮肉やで
：レモンチューハイちゃんが来てくれなかった理由は名前なのでは？

というわけでやっとガチャ画面から先に進める……よかった……。

「やっと長いチュートリアルが終了したところで！　ガチャ気分をリフレッシュしてゲームを楽しんでいくどー！」

その後はガチャのように大きな足踏みをすることはなく、非常にスムーズにゲームは進行していった。

実際にゲームを進めて実感したのは異様なほどの作りこみ。ただの育成だけでなく全ての星３キャラクターにストーリーが付いており、これがアイドルの頂点を目指す少女たちの苦悩と葛藤、そして成長の物語みたいな感じになっており非常に読みごたえがある。

白ワインちゃんの普段はクールにふるまってるけど内には熱い情熱を秘めているキャラ

クター像も最高で、途中から案件とか関係なしにのめりこんでいった。

そして迎えたコンテスト当日――

『よし、行ってくるね』

「胸を張って行っておいで、極限まで鍛えられた君はもう紛れもないスト〇〇ちゃんだ」

:スト〇〇(白ワイン)「いや、私白ワインなんだけど……」

:いよいよスト〇〇が世界に立つぞ!

:世界を酔わせろ!

:Japanese hentai drink

:白ワインなのかスト〇〇なのかはっきりしろ

そしてその夜、スト〇〇は世界一のお酒になった――

案件配信の翌日、目が覚めると同時に速攻謝罪の電話をゲームの運営さんに入れた私だったが、お咎め(とが)を頂くどころか感謝されてしまった。

どうやら非常に配信の評判が良かったらしく、昨日からゲームのＤＬ数が目に見えて伸びているらしい。綿密な計画を立ててそれを没にされた身としてはなんだか複雑な気分だが、まぁ終わりよしなら全てよしとしよう。

あと更に後日、今回の結果を見てか、案件の依頼が定期的に舞い込むようになった。

……シュワちゃんに。

閑話　鈴木と晴

「日向さん、こんなところに居たんですね」

「お、スズキングじゃーん！　よく見つけられたね？」

ライブオンの事務所には打ち合わせや会議用などの小部屋がいくつか存在している。その小部屋に一人、最上日向、またの名を朝霧晴はノートPCを広げ座っていた。

「さっきこの部屋の方向に向かったのが見えた気がして、休憩時間になったので来てみました。ご一緒してもいいですか？」

「どーぞどーぞ」

鈴木が晴の対面に座る。

「よしよし、私を見つけられたご褒美にスズキングにはこれをあげよう」

晴がごそごそと隣に置いていたカバンを漁り、中から取り出したものを鈴木の前に差し出す。

「……なんですかこれ？」

「ムシ〇ングのカードだけど？」

「いやまぁそれは見れば分かるんですけど……」

異様にギラギラしたカブトムシのイラストが描かれたカードの束を見て、鈴木の表情が困惑に染まる。

「ちゃんと全種類あるよ？」

「それはすごいですね。でも私が疑問に思っているのは、なぜこの状況で持っていてなぜ私にプレゼントしているかなんですよ」

「え……ムシ〇ング好きじゃないの……？」

「なんでムシ〇ングでそんな信じられないものを見たような顔ができるんですか？　それムシ〇ングなんですよムシ〇ング。10何年前の児童か余程のムシ好きじゃないと貰ってでも反応に困るんですよ」

「あっ、なるほどそういうことか！」

「分かっていただけたのならなによりです」

「スズキングは恐竜〇ング派なんだな！　大丈夫、そっちもあるよ！」

「もしかしてそのカバン四次元ポケットだったりします？」

今度は恐竜のイラストが描かれたカードの束を晴は差し出した。だがその表情は少し申し訳なさそうだ。

「ごめんスズキング……恐竜◯ング派の君には悪いんだけど、私シャントゥンゴサウルスだけ持ってないんだよね……」

「謝られてもこっちはそのシャントゥンゴサウルスって生き物の姿が全く頭に浮かばないんですよ。あと恐竜◯ング派でもないです」

「ぇ――スズキング……人生の全て損してるよ……」

「その2つで人生の全てだと思っているのなら日向さんの方こそ人生見つめ直した方がいいですよ」

「でもムシ◯ングも恐竜◯ングもすごいんだよ？」

「いやまぁそれは分かるんですけど、残念ながら私のニーズに絶望的なほど合ってないんですよ」

「……あっ！　ごめんスズキング！　やっと君の欲してる物が分かったよ！　君の欲しいのは『スズキング』なんだね！」

「はい？　え……んん？」

言われたことが理解できず、思わず首を傾げてしまう鈴木。そんな彼女に同じく不思議そうな表情を向ける晴。

「え？　これも違うの？」

「ええと、ちょっと言われた意味が分からなくて……スズキングって私のことですよね？　私が私を欲しいってどういうことですか？」

「いや、『スズムシキング』、略して『スズキング』だけど」

「迷走した先で更に迷走するのやめてもらっていいですか？　スズムシでバリエーションを出すのも集客をするのも無理があるんですよ。カブトムシとか恐竜は分かりますけど、スズムシはどう頑張ってもスズムシなんですよ」

「ちゃんとあるよ？」

「あるんですか⁉　ってすご⁉」

三度カバンを漁り、取り出された精巧なスズムシが描かれたカードの束を見て驚愕の声を上げる鈴木。その姿を見て、やっと晴は満足げな様子だ。

「なんとこれ！　君の為に私が作りました！」

「人生の全て損してますよ」

「私が一番よく知ってるよ」

軽い戯れの後、ようやく二人の間に真面目な雰囲気が漂い出した。

朝霧晴という人間は基本的に話の開幕に摑みどころのないボケを挟んでくる癖がある。

これには鈴木もいつも振り回されているのだが、これがこちらの緊張を解く為にやってくれていることも、鋭い鈴木は気づいていた。

「ここでなにをしていたんですか？」

「ライブの準備だよ。山ほどやることがあるからね」

「そうでしたか。改めまして、ライブの件、引き受けてくださりありがとうございます」

「あはは、スズキングは特にしつこく勧誘してきたからなぁ」

「……私は主張が強い人間なだけで、きっと他の社員のみんなも私と同じ思いだったと思います」

「それは嬉しい話なんだけどさぁ、なんかそのせいで照れくさくてみんなの前に顔出しにくいんだよね」

「え、どうしてですか？」

「ほら、私がライブを引き受けた理由、前に説明したでしょ？」

「あぁ、なるほど」

実はライブの承諾を宣言した次の通勤日、晴はなぜ今になって引き受けようとしたのかを社員のみんなに説明していた。

「あんなこと言った手前、中々出て行きづらいじゃん。だからこうして一人寂しく仕事してたってこと」

「皆温かく迎えてくれますよ、間違いなく」

「その生暖かい感じの視線が嫌なんだよ～」

照れくさそうにはにかむ晴に対して、鈴木はまさに生暖かい視線でそれを見守る。

朝霧晴、ライブオンの一期生にして会社の主柱――その小さな体一つでライブオンをVTuber業界の人気箱になるまで支え続けたその生き様は鈴木の憧れだった。

鈴木はそろそろ仕事に戻らなくてはいけない時間が迫っていたので、最後に一つどうしても気になる質問をしてみた。

「……どうして雪さんだったんですか？」

「あー……サプライズの話？」

「はい」

「そうだなぁ……まぁスズキングにならいっか、シュワッチのマネージャーでもあるし特に気になるよね、でも本人には秘密だよ？　彼女の人気が爆発していく姿を見て……初めてライブオンの一期生として肩の荷が下りた感じがしたんだよ」

「…………」

「さっき戯れの中でスズキングにも言われたけどさ。自分を見つめ直す、そのきっかけになってくれたんだ」

「なるほど……ありがとうございます」

聞きたいことはこれで終わった。鈴木はデスクに戻るため立ち上がり、部屋のドアまで歩く。

そして今一度晴を振り返り、鈴木は晴を見つめて、今度は一番言いたかったことを最後に笑顔で告げた。

「お疲れさまでした、日向さん」

「……うん」

晴も最初は少し驚いたような表情をしたが、すぐに笑みを返す。

「君はまだ若いけど優秀だ、きっとすぐ出世する。ライブオンの運営を任せたよ」

「はい…………それでは、失礼しました」

永遠にも一瞬にも思えるような無言の見つめ合いの後、鈴木は部屋を出たのだった——

「よっしゃ！　これで一通り大丈夫なんじゃないかな」

「ありがとうございましたー！」

現在の私は都内某所のスタジオにて、晴先輩から歌のレッスンを二人きりでしてもらっていた。

先日とうとう晴先輩のソロライブにて、ラストに私と歌う新曲が完成したとの連絡が鈴木さんから入った。なので今日は大事な大事な新曲の練習日なのだ。

随時休憩をはさみながら、晴先輩と文字通りへとへとになるまで新曲の歌い方を訓練し通しの一日だったな。

ただ曲を歌うだけでは勿論いけない。多数のお客さんがお金を払って見に来てくれる上に晴先輩の晴れ舞台だ、曲のクオリティを１００％引き出す歌唱をしなくてはいけないのだ。

今日一日でハモリパートから歌詞に込める細かな感情まで時間が許す限り徹底的に教えてもらった。おかげでこの曲が持つ意味はしっかり理解して歌えるレベルにまではなれたはずだ。

「いやぁ流石だねぇシュワッチ、その響きの良さが際立った声は天性の才能だよ。特に真っすぐな歌詞を歌わせると力強く心に響いてくる」

「ありがとうございます。でも技術面で言ったらまだまだ晴先輩に及びませんよ」

「歌は聴いた人の心に響いたものが正義だよ、技術はそれをサポートするものに過ぎない。あ、でも負けたとは思ってないからね！　私も歌には自信があるんだから！」

「分かっていますよ。まぁ私も負けたとは思ってませんけど」

「ふっふっふ、そうこないとね」

今日明らかになったことなのだが、どうやら晴先輩は私のことをシオン先輩と聖様とのカラオケコラボの時から歌のライバルと見なしているらしく、度々今のように歌では負けてないぞ発言をはさんでくる。

いや面白くて人望あって歌うまくてかわいいとか最強かよ。

ちなみにその負けないぞ発言に対する私の返答からも分かる通り、今の私ははっきり言って歌に自信を持っている。

今の私は素面（しらふ）の状態だが、スト〇〇を飲んで一回気持ちよく歌う感覚を覚えてからはお酒無しでもほぼシュワ状態と変わらぬ歌唱ができるようになった。最近つくづく思うが、自信を持つとそれだけで変わることが色々あるものだ。

まぁだからと言ってシュワだけじゃなくあわまでメンタル強者になったわけではないので、緊張するときは普通にするんだけどね。

「それにしても晴先輩はすごいですね」

「お？　突然なんだいなんだい？」

だがそれは歌唱という部分だけの話。

私は今日の練習で晴先輩の新たな凄まじさを目の当たりにした、それは理解力だ。

今回の新曲はめちゃくちゃ耳に残るメロディーの最高な曲だったのだが、はっきり言って少々歌詞が難解な曲だった。言葉にするのは難しいが、確かな言葉の重さがこの曲の歌詞には込められていたのだ。

なのに晴先輩は一瞬でその歌詞の意図を理解し、ここはこういう思いを乗せるんだよと教えてくれた。

最初に歌詞を見たときと秘められた思いを理解して歌詞を見たときとでは、同じ曲のはずなのに全く抱く感情が違った。私一人では完全に理解するのにどれほど時間がかかったものか。

なので以上のことを心から称賛する言葉を晴先輩に送ったのだが――

「そんなの分かって当たり前じゃん。だって私が作ったんだし」

――数秒が完全に停止した。

「え……作ったって……何を？」

「曲を」

「晴先輩が？」

「うん。作曲作詞編曲、全部私」

　もう驚きすぎて声すら出すことができなかった。

　このクオリティの曲を一人で作っただと？　今の今まで著名な作曲家さんが作ったと信じて疑わなかったぞ。

　なるほど、今まで少々気がかりだった、練習なのに作曲者さんの影が一切見えなかったのはこれが理由か。実のところ目の前にずっといたわけだ。

　一体何なんだこの人、どこまで人の理（ことわり）を突破すれば気が済むんだ……。

「ライブスタートの時は私の為の曲じゃないから私は関与しなかったんだけどね、ソロライブの締めくらいはいいっしょってことで張り切っちゃった！」

「なるほど、色々思うところはありますが晴先輩だからということで納得することにします。でもそんな大事な曲を私も歌ってしまっていいんですか？」

「うん！　この曲はシュワッチと歌うからこそ意味がある曲なんだよ！」

「はぁ」

　よくわからないが晴先輩が望むのなら応えるだけだ。

晴先輩が居なかったら私は今ここに居ないかもしれない。恩を返すためにも最高の舞台にするぞ！

「んじゃーそろそろ帰るか～。シュワッチ……あれ？」

「はい？　どうしました？」

「いや、すごい今更だけど今の君ってシュワシュワしてないからシュワッチじゃないよね？　正しくはあわっち？」

「あ、そんなことですか。どんな呼び方でも全然大丈夫ですよ」

「おけおけ、それじゃあこれからお酒飲んでないときはあわっちで！　それじゃああわっち、そろそろ帰ろう。車で家まで送っていくよ」

「はい！　ありがとうございます！」

「ねぇあわっち」

「はい？」

「私になにか聞きたいことあるんじゃない？」

助手席で車に揺られながら帰路を送ってもらっている途中、突然そんなことを言われてしまった。

「……どうしてそう思うんですか？」

「顔が喋っちゃってるよ。私鋭いから分かるんだ」

全く、この人と話しているとまるで心を見透かされているみたいだな。

「……それじゃあ晴先輩、一つ質問してもいいですか？」

「ん、なーんだい？」

本当は聞こうか聞くまいか迷っていたのだが、こうなってしまって逃げるのは情けない。

私は前の鈴木さんとの会話からずっと気になっていたことを聞くことにした。

「どうして今回のソロライブを受けたんですか？　前から様々なお誘いはあったと鈴木さんから伺っているのですが」

「ふむふむ、なーるほーどねぇ」

「まさか……これを最後に引退なんてしませんよね？」

鈴木さんからこの話を聞いて、数日間私の少ない脳で考えた結果浮かんできてしまった最悪の理由がこれだった。

最後だから有終の美にライブを受けた、この可能性に気づいた日からまるで心に重しが吊るされたかのような気分がどうしても消えない。

「……ははははっ‼　ないないないない‼」

だがそんな私の不安を晴先輩は豪快な笑いで消し飛ばしてくれた。

心の重しがストーンと落下していったのが分かる。その答えを聞けて車に乗ってから曇りがちだった私は自然と笑顔になっていた。

「そ、そうですよね！　なんかすいません変なこと言って……」

「本当だよ！　私はまだまだこの程度で止まる逸材じゃないぞ！」

「まだまだって、現状の時点でもトップVTuberでしょうに……でも、それならどうしてライブを受けたんです？」

「……ねぇ、あわっちはＩＱテストって受けたことある？」

「ＩＱですか？　私は経験ないですね」

「そっか、私は受けたことある。結果はＩＱ１６０だったよ」

「へー」

正直数値を言われてもそれが高いのか低いのかの基準が私には分からなかったのでそんな気の抜けた返事になってしまった。

「お、家着いたよ！　今日はお疲れ！」

「え、ええ⁉　質問の答えは⁉」

「今のが答えだよー。ほら、あんまり長時間停めると迷惑になるかもしれないから早く降りる降りる！」

そう言って私を急かした先輩は、本当に「それじゃまた！」の言葉を残して去って行ってしまった。

分からねぇ、さっぱり意味が分からねぇ！

「……え⁉」

そして家に入ってからIQのことが気になり調べたとき、私はまたもや驚くことになる。

どうやらIQは130越え辺りが天才と言われるラインらしい。

つまり晴先輩のIQ160は天才の中の天才と言っても過言ではないラインということになるようだ。

「……いやだからなんでこれが質問の答えになるの⁉」

だめだ、晴先輩の言動に頭の理解が全く付いていかない……もう疲れたし今日は寝るとしよう。

全く、晴先輩に何回驚かされたかもう数え切れなくなってきたな……。

第二章

仁義なきホラゲ

ライブの日も段々と近づき、気が引き締まってきた今日この頃。

油断はミスを呼ぶことになる。ライブまでこの程よい緊張感を維持しなければと思っていたそんな矢先、幸運なことにこんなピッタリな企画のお誘いを頂きました！

「プシュ！　皆(みんな)の見る抗鬱剤ことシュワちゃんの配信の時間だぞー！　今日はゲストにエーライちゃんを招いてホラゲーをやっていきたいと思うどー！」

「園長はホラゲなんてやりたくないないでーすよ～」

「やらなきゃだめだめでーすよ～」

：プシュ！

：これはまさか例の罰ゲームですかかな？

：やるの思ったより早かったな　¥5000
：てことは園長はシュワちゃん選んだのかwww
：どうしてよりにもよってホラーの対義語のシュワちゃんを選んでしまったのか……。

さて、実は今日このホラゲコラボが決まったのには様々な経緯がある。

元々はエーライちゃんが自分の配信枠で《動物園の園長なら答えられない動物雑学無い説》という企画を始めたところからスタートした。

企画の詳しい内容は、リスナーから貰った動物に関する問題をランダムで10個選出し、もし答えられなければアンケートで決めた罰ゲームをやるというもの。

どんなヘンな問題が交じっているのか分からない以上鬼畜極まる内容だが、配信は大方の予想を破りその圧倒的な知識で8問連続正解。

まさかのオールクリアなるかという期待も高まってきた中、不意に9問目は現れた。

@エーライ園長の体重はなーんだ？@

策士ここに極まる。確かにこれも一応動物の問題だ。

この質問に明らかな動揺を隠せなかったエーライちゃんだが、じっくり10分程度長考した結果、敗北を認めた。

彼女は自らの守るべきものの為にその身を苦行の中へ投じたのだ、この時のコメント欄は答えられなかったにもかかわらずその生き様を讃える拍手喝采の嵐であり、《園長渾身の自己犠牲（自分の為）》というタイトルの切り抜きは現在進行形で大きな人気を博している。

まぁそんなこんなで罰ゲームが決まったわけだが、ここで少しトラブルが起きた。アンケート結果一位の得票数を見せたホラゲーが園長は大の苦手だったらしい。

だが嫌なものはやらないでは罰ゲームにならない。なのでプレイは全て自分でするからせめて一緒に実況するバディを用意させてほしいとエーライちゃんが懇願、勿論リスナーは声をそろえて受け入れた。

そもそも元の問題があれだったからね、仕方ないね。

と、いうわけで栄光あるそのバディに選ばれたのがこの私、シュワちゃんというわけなのだ！

前にホラゲーコラボやってみたいって言ったこともあるから願ったり叶ったりだね！

「もうエーライちゃん！　バディに選ぶくらい私のこと好きなら早く言ってよ～。ＳＥＸする？」

「罰ゲームを増やそうとするのはやめるのですよ～。シュワちゃん先輩を選んだのはただ一番ホラゲーの怖さを中和してくれそうな存在だったからだけですよ～」

「やだもうそれって心の支えってこと？　ＳＥＸする？」

「ライブオン屈指のネタ枠ってことですよ～。あと私はそんな簡単に体を許すほど都合のいい女じゃないですよ～」

「私は都合いいよ、ＳＥＸする？」

「こいつヤルことしか考えてねぇですよ⁉　発情期の猫かですよ‼」

「こんな年中発情期な牝猫の相手をしてくれる美女連絡求む。一緒にスト○○風呂に浸かって最高のスト○○プレイをしようぜ！　電話番号は０００‐００００‐００００‐１９１９４５４５１９１９４５４５」

「てめぇはどの星の電話番号を使っているのかですよ⁉　あとスト○○を飲むこと以外に使うなですよ～！」

「スト○○風呂って動画投稿者とかがやって炎上してそうだよね。無駄遣い良くない」

「いやそれついさっき自分でやろうって言ってたですよ！　もう会話の流れ無茶苦茶で付いていくのが大変なのですよ～……」

：性行為懇願スト○○女
：なにがホラーの対義語だ、存在そのものがホラーじゃないか！

：語尾がＳＥＸする？　のキャラとか時代を先取りし過ぎだろ

：先取りどころかサルにまで退化してるんだよなぁ

：園長よくツッコミ付いていけるなぁ、普通にすげぇわ

「全く、もうゲームやり始めるのですよ～」

「ゲームとヤルのなら昨日しました」

「エロゲのプレイ報告は結構ですよ～。ハイゲームスタートですよ！」

今回やるゲームはフリーゲームなのでお手軽な上にホラゲー初心者のエーライちゃんでも投げだせずにクリアできそうな紫鬼(しき)に決まった。

ゲーム内容は大きな無人の洋館に肝試しに来た中学生たちが閉じ込められ、洋館内をうろつく紫鬼と呼ばれる紫色の巨人の化け物を避けながら脱出を目指すというもの。

精神的ホラーというよりはパニックホラーなのでエーライちゃんでも心が折れることはないと思いたい。

少し昔にかなり流行(はや)ったゲームなので私は大まかにならゲームの流れを覚えているのだが、エーライちゃんは徹底的にホラゲーを生活から遠ざけていたらしく紫鬼の見た目以外は完全な初見プレイらしい。

さぁ、まずは洋館に入った中学生たちの中から主人公のヒロキが、突如妙な音がした部屋にイキって一人で向かいそこでアイテム《包丁》を入手。そこから元の場所に戻るとな

ぜかいるはずの皆がいなくなっており、ここでプロローグ終了、ゲーム開始だ。もう洋館の扉は完全に閉まっており外に出ることはできない。

「………」

それにしてもプレイを見ているだけでどれだけエーライちゃんにホラー耐性が無いのかがはっきり分かる。

意を決して前に進んでもすぐに立ち止まり少々後退、これを無言で何回も繰り返している感じだ。

こんな状況の中こそ私の出番！　ゲームを知っている以上アドバイスやネタバレは厳禁だが、渾身のトークでエーライちゃんを応援するのだ！

「あ、今回はゲームで動きが少ないシーンとかになったらカステラも返していくからよろしくね」

「もうずっとカステラ返していたいのですよ～……」

「まぁまぁ、ホラゲーもいいものだよ？　ほら、このゲームの製作者さんの思うがままに驚かされていいように扱われてるって思ってみ？　なんだか興奮してこない？　ＳＥＸする？」

「興奮しないしそれもホラゲーの楽しみ方として間違っている気がするのですよ～。あと性行為の誘いがしつこいですよ〜」

「え〜いいじゃんべつに！　語尾だよ語尾、エーライちゃんのですよ〜と一緒！　おそろっち！」

「もしかするとこの語尾をやめる瞬間が来たのかもしれないのですよ」

「あれ〜？」

そんなこと言いながらも緊張がほどけたのかゲームの進行速度がさっきと比べると断然速くなった。よしよし、計画通り！

さぁ、そんなこと話しているうちにいよいよ一回目の紫鬼登場シーンが近づいてきた。

まずはこの部屋に入った瞬間、画面上部に一瞬だけチラッと顔見せがてら登場する。

「ひゃあ⁉　い、いまいた！　上の方！　絶対いた！　ですよ！」

「お、落ち着けエーライちゃん。語尾の後付け感やばかったよ」

「だっていたんですよ⁉　しょうがないじゃないですかですよ！」

「ＯＫＯＫ、確かにいたかもしれないね」

かわいそうだと思いながらも、心のどこかではこの子がホラー要素にどんな反応するのか見てみたいという悪戯心（いたずらごころ）が湧いてくる。これもいきもののサガか……。

「もう帰りたいですよ……」

「まぁまぁ、閉じ込められてるし、あと消えた友達も探さないといけないしね」

「こんな危険なところになんて居られるかですよ！　私は一足先に帰らせてもらうのですよ！」

「そのセリフはホラー界隈では必中即死魔法（対象は自分以外選べない）の詠唱だからやめといた方がいいよ」

　エーライちゃんもいつまでもぐずっていてもゲームは進まないと分かっているのだろう、ヒロキを部屋の机の上に輝くアイテムの下へと移動させる。

　さぁここからがこのゲームの真骨頂！　アイテムを取った瞬間どこからともなく一体の紫鬼が湧いてきて撒くまで死の鬼ごっこのスタートだ！

　尚、エーライちゃんにはコメント欄を見るのも禁止しているので初見である以上予測は不可能です。

　さぁどうなる？（わくわく）

　今アイテムを……取った！

「ああ゙あ゙あ゙あ゙⁉⁉　来てる来てる⁉　こっちくんなあ゙あ゙‼」

　ごめんエーライちゃん、正直吹き出しそうになった。

　リングフィットしてる時の私みたいな声出てたけどこれ大丈夫？　エーライちゃんが積

み上げてきた常識人枠という壁が刻一刻と崩れつつある気がするんだけど……。

私は今ベルリンの壁崩壊と同じレベルの歴史的瞬間に立ち会っているのかもしれない。

：草
：園長の方が動物みたいな咆哮上げとるやん
：絶望の感情を声色だけで表す演技派
：演技じゃなくてガチなんだよなぁ

「ほら逃げて逃げて！　しっかりしないと紫鬼に酷いことされちゃうよ！　薄い本が厚くなっちゃうよ！　貞操の危機なんだよ‼」

「精神攻撃をしてくるなですよ！　先輩はどっちの味方なのですよ⁉」

見るからにおぼつかない操作で屋敷内を逃げ回っていたエーライちゃんだが、悪い逃げ道を選んでしまいとうとう屋敷の隅まで追い込まれてしまった。

もう逃げ道はない、後ろからは止まる気配など一切ない紫鬼が迫ってきている。

もうだめだ、ゲームオーバーは避けられないだろう。私ですらそう思ったときだった
――

「はっ、はっ、はっ……こうなったら――ッ！」

「ん？」

なぜかエーライちゃんは紫鬼の方に振り向き、そのまま一直線に突撃していったのだ。

そして——

「てめぇをこのヤッパで八つ裂きにしてやるよ！　ブルーベリーみたいな色しやがって、てめぇの血は何色だオラアァ‼」

「んん⁉」

「まぁそんなんどっちでもいいか、てめぇの体をヤッパで切り刻んで血が赤だったらイチゴ、紫だったらブルーベリーのジャムを作ってやるよ‼」

「んんん⁉⁉」

「死にさらせやゴラアアアァ‼‼」

ヒロキが寸分の狂いもなくまるで磁石のように迫りくる紫鬼と接触する。

ゲームシステム上紫鬼を倒す手段はない。包丁を持っていようが持っていまいがゲームオーバーだ。

「はぁ⁉　ゲームオーバー⁉　なんでじゃゴラアアア（ダンダンダンダン！）」

「…………」

問題はバスドラムのような鈍い音の台パンをヘビィメタルが如く連打しているかつて園長だったなにかだ。

：!?

：!?

：!?

：え

：ファ!?

私と同じく動揺を隠せないコメント欄。

「……あ、やべ」

「え」

まるで嵐のような一瞬だった。「え」の言葉しか口から出ない私は吹き荒れた暴風で酔いどころか正常な思考すらどこかに飛んで行ってしまったのかもしれない。

「あ、えーと、しゅ、シュワちゃんせんぱーい？　聞こえてますかですよ～？」

「え」

「お、おーい？　聞こえてますかー？　エーライ園長ですよ～？」

「え」

「……」

「え」

「よ、よーし分かったですよ！　一つだけ質問に答えてほしいのですよ！　あのですね、もしかして……私も芸人行きですか？」

明らかに引きつった声で告げられた問い、その答えだけは私の混乱を極める今の脳内でも確信をもって導き出せた。

「ライブオンへようこそ、エーライちゃん！」

「いいぃいぃやあああぁぁぁぁ‼‼」

：www

：この展開は予想できなかった

：遅れての開花、まさかの四期生のシュワちゃん枠だったか

：はえぇ、動物園の園長かと思ったら動物組の組長だったんですねぇ

：これからの渾名は組長で決まりやな

「まさかこんなことになるなんて……だからホラゲはダメだと思ったんだよぉ……」

あのベルリンの壁壊すつもりが勢い余って国ごとぶっ壊しちゃいました的な事件から数分経ち、ようやく落ち着いたエーライちゃんだが未だこの調子だ。

うんうん、分かる、心の底から共感できるぞエーライちゃん、まるで当時の自分を見ているかのような心境だよ。

「まぁまぁ元気出して。ほら今までみたいにですよ~って言ってみ？　ほら言ってみ？」

「何煽っとんじゃゴラァ！」

「ひぃ！　か、勘弁してくだせぇ組長！　うちの事務所にカチコミだけは許してくだせぇ‼」

「組長じゃなくて園長じゃあ‼　あとガチでそっち方面の人ってわけじゃないからね⁉　ちょっと昔にそういう映画とかにはまってた時期があって、さっきは本当にほんのちょっとだけその部分が出ただけでね？」

「だめや組長、我らキャラを売る稼業やさかい一度やらかしたらもう戻れんのや。清楚気取ってた私の今の姿を見れば分かるやろ？」

「方言でそれっぽくするのやめろ！　まだだ、まだ終わってない！　私はまだ園長なんだ！」

「どうも終わった人です」

その後も散々悩みぬいた園長だが、コメント欄の盛り上がりやかたったーのトレンド入りなどからもう戻ることは不可能と判断したようで、結局は今のが素に近い自分であると認めた。

「でも、でもですよ！　私は園長としての自分を捨てたくはないんですよ。確かに今の方が素の私なのかもしれないですけど、園長だって私の一部なんです！　だからこれから動物大好きエーライ園長としても頑張っていくのですよ～」

「お、いいねぇ、分かるよその気持ち。私もあわとしての自分も大切にしてるつもりだからね」

「もう後悔は捨てた！　私は弱い人間じゃない！　後ろは振り向かない！　今の事故ですら己として認め、これから歩む輝かしい未来への糧とするのですよ！　もし今回で失望してしまったリスナーさんが居ても、新しい私が絶対にもう一度振り向かせてみせるのですよ！」

「ようゆうた！　それでこそ組長や！」

：なんか草

：男らしすぎる、こんなん付いて行ってまうわ

：一生ついていきますぜ親分！

：シュワちゃんですらしばらく迷ったのに……なんて器量だ

：かっけぇ……

：園長から組長に留まらず、動物園のお客さんが組員になった瞬間である
：なんだこれって思ったけどいつものライブオンだったわ
「よっしゃ！　それじゃあホラゲの続きしようかエーライちゃん！」

「……あの、私もう十分罰ゲームうけたから続きは無しってことでー」

「だめでーす☆」

「私選ぶべきバディを大間違いしたのかもしれないですよ……」

ゲームを再開、さっきゲームオーバーになった場所からスタートだ。

アイテム入手とともに再び登場した紫鬼。流石にエーライちゃんでも二回目はビビりながらも声を上げることはなかった。

そして今回は逃げるルートを変え屋敷内の鍵の開いている部屋に入り、紫鬼が部屋に入ってくる間一髪、部屋の中にあったタンスに隠れることで紫鬼を撒くことに成功した。

「はぁ、一回撒くだけでも疲れるのですよ……あの化け物を倒す手段とか無いのかですよ？」

「生憎ご希望のチャカやらレンコンやらはこのゲームには無いね」

「そうですか、まぁ分かっていたのですよ～」

「え、本当に欲しかったの？」

「え？　……あ」

「あ」

「「あ」」

い、息が合ってるのかそうでないのか分からないやり取りになってるけど、とりあえずゲームを進めていこう……。

次のシーンは新たに入った部屋の中で消えた友達の一人と初めて遭遇するシーンだ。

友達の名前はタケオ。気弱な性格の男の子で今回も紫鬼へのあまりの恐怖から隠れたタンスの中でずっとガタガタ震えており、まともに話をすることすらできない状態だ。

「あ、人間ロー〇ーさんちーっす」

「ツッコまないですよ～」

「あ、ロー〇ーの擬人化さんちーっす」

「どうしてそれでツッコんでもらえると思ったのですよ～」

「顔面性器って言われた俳優さんもいるんだし全身玩具ってのもありだと思わない？」

「微妙にかっこいいのやめるのですよ～」

そんなやり取りをしながらも淡々と部屋に設置されていたアイテムを回収して部屋を後にするエーライちゃん。

次はどこへ行ったらいいのか分からない為、散策の為屋敷内をとりあえず歩き回る。

「そろそろカステラでもかえしてギョエエエエェェ!?」

だがそんななんでもない時でも容赦なく登場して襲ってくるのが紫鬼だ。

「ぷぷっ、私ギョエエエなんて叫び声初めて聞いたよ」

「何笑ってるのですよ!? 鬼は紫鬼だけじゃなかったのですよ!?」

またまた始まる死の鬼ごっこ。今回エーライちゃんが選んだ逃げ道は、さっきのタケオがいた部屋だった。

……あれ、確か隠れられるタンスには既にタケオが入っていたような……。

そして案の定、開けようとしたタンスは固く閉ざされていたのだった。

「おいぃぃ!! てめぇ開けろやゴラァ！ 中にいるのは分かっとんやぞぉ（ダンダンダンダン）!!」

「こ、これがまじもんのカチコミ！ 初めて見た!!」

また紫鬼に美味しくいただかれるエーライちゃんなのだった。

あれから何回もゲームオーバーを見たが流石にエーライちゃんもこのゲームに慣れてきたのか、段々とテンポよく進むようになってきた。

今は謎解きで迷ってる状況であり、実況が難しいところに入ったのでそろそろカステラを返していくことにしよう。

「カステラの進行は私がやるから、エーライちゃんは余裕があったら返答に協力してねー」

「りょーかいですよ～」

「それじゃあ一通目なんだけど、なんと！　今回エーライちゃんをホラゲへと誘うきっかけとなった9問目の出題者と思わしき方からのカステラです！」

「お、指詰めに来たのかなですよ～」

「純粋な恐怖」

@どうも、9問目を出題した例のあの人です
突然ですが、懺悔します
私は推しに、ライブオンの過酷さを乗り越えられる強い子に育ってほしくて千尋の谷に突き落としたはずでした
だけど、どうしてこうなってしまったんだろう……
今思えば私も、ライブオンの恐ろしさを分かっていなかったのでしょう
普段は動物園で動物と戯れている園長が、ライブオンという檻の中で餓えていた獣に食われようとしている……

これはきっと、神が私に与え給(たも)うた罰なのでしょう
私はこれから、シュワエラNTR物でしか致せなくなるでしょう
それでも構いません
それが、リスナーとして私に与えられた運命なのだから……ウッ、ふぅ……@
「これは指どころか首を詰める必要がありそうなのですよ～」
「いや、というか今むしろ食われそうなのは私の方なんですが。飼い犬に手をかまれるどころか拳銃突き付けられてるんですが！」
「下剋上(げこくじょう)ですよ～」
@A：スト○○飲んでもよろしいですか？
B：どうぞ。ところで一日に何本くらいお飲みに？
A：ふた箱くらいですね。
B：飲酒年数はどれくらいですか？
A：30年くらいですね。
B：なるほど。あそこにヨントリーの会社が建ってますね。
A：建ってますね。
B：もしあなたがスト○○を飲まなければ、あれくらい買収できたんですよ。

A：あれは私の会社ですけど。
未来のシュワちゃん像＠

「強い（確信）」

「ふた箱ってなんですよ……でもなんかシュワちゃん先輩は将来更なる大物になっている気がするのですよ～」

「え、マジ？　なんで？」

「人を動かす力を持っているからですよ～」

「え、私って催眠能力者だったの？　知らなかった……今すぐ女子高に行って能力でスカート丈をウエストマイナス5cmにしてこよ」

「もう先輩のアバターを小汚ねぇおっさんにしても違和感なさそうなのですよ～」

：9問目ニキもまさか突き落とした谷から組長が這い上がってくるとは思わなかったやろなぁ
：あなたが落としたのはこっちの綺麗なエーライ（園長）ですか？　それとも汚いエーライ（組長）ですか？

：→のコメ書いたやつ終わったな、ご愁傷様
：組長を侮辱した罰はあらゆる極刑より重い

：催眠ゲー特有のギャグとしか思えない制服すこ
：寒そう（小並感）
@シュワちゃんの飲み過ぎを防ぐ為に、禁酒法制定しましょうね～@
「ごめん、ちょっと今から世界最強の生命体になってくる。守りたい世界があるんだ」
「総理大臣とか大統領じゃなくて、目指すのが地球最強の生命体なのがおばかさんでちょっとすこなのですよ～」
@ｷboooooooo!!\/
YOU LOSE
エナドリの勝ち！
なんで負けたか明日まで考えといてください
そしたら何かが見えてくるはずです
ほな、（ファ〇タ）いただきます@
「統一性が何一つないのですよ！」
「勝ったエナドリを飲むと見せかけてからの無関係のファ〇タを飲むことで勝ち負けだけが全てじゃないってことを暗に示してるんじゃないかな」
「……ありそうなのですよ」

「ねぇよ」

：もうすでにトークに関しては地球最強クラスなんだよなぁ

：シュワちゃんはあほかわ

：お前相手にはエナドリじゃなくファ○タで十分だったわって精神攻撃してる可能性もあるな

：ねぇよ（無慈悲）

：手のひらホットサンドメーカーやめろ

「あ、謎解けたのですよ〜！」

「お、丁度いいね。それじゃあカステラはこれくらいにして、ゲームの方集中してやっていきますか！」

さぁそろそろゲームも中盤戦、できるなら今日の配信中に残りも駆け抜けてしまいたいところだね。

「ねぇねぇエーライちゃん、なんか最近ハマってる物とかある？」

「ハマってるものです？　そーですねぇ……最近どころかずっと昔から動物さんのビデオはよく見てるのですよ。AV（アニマルビデオ）ってやつですよ」

「お、いいねぇAV（アダルトビデオ）はお姉さんも大好きだよ。昔からっていくつくらいから見てるの？」

「ん～昔過ぎてあんまり覚えてないですけど、小学校入る前にはもう夢中だったのですよ～」

「は、はぇ？　そ、早熟なんだねぇ」

「え、そうなのですよ？　子供なら割と普通じゃないですよ？」

「へ？　そうなの？」

「あれ？」

何という事だ、この私ですら小学校に入る前はお花や教育番組や児童向けアニメに夢中だったというのに……。

現代の性教育は私が思っている以上に急激に進化しているのかもしれないな。

「でも記憶にないだけで実際はもっと前から見ていたと思うのですよ。ここまで病的に好きってことはもしかすると生まれた瞬間にも見てたのかもしれないのですよ～！　なんちって」

「生まれた瞬間に⁉　AVを見たの⁉」

「だから冗談ですよ～。普通に考えたらそんなわけないですよ～」

「そ、そうだよね！　あーよかった」

「何をそんなに驚いて……ああ、そういうことかですよ～」
「ん？　なにが？」
「気にしなくて大丈夫ですよ～」
：すれ違いコントになってて草
：これシュワちゃん絶対に勘違いしてるだろｗｗｗ
：組長ちゃんと動物のビデオって前置き入れたのになんで……
：生まれた瞬間にアダルトビデオ見せられたらトラウマになって逆襲を考えるわ
：まだすれ違ったままだから全然よくないんだよなぁ
：いや、組長すれ違い起こってるの気づいたください？
：ぽいな
「えっと、それじゃあ最近見たＡＶのジャンルはなに？」
「最近は象さんの感動ビデオを見たのですよ～」
　ああなるほど、象さんは竿役のことね。そんな遠まわしに言わなくていいのにもう、照れちゃってかわいいなぁ。
　でも感動？　ＡＶで？　ストーリーものだったのかな？
「もう感動の涙が止まりませんでしたよ」

「きっと泣いてるエーライちゃんと一緒にAVの象さんも白い涙を流してたんだろうね」

「んん？　どういうことですよ？」

「あれ、伝わらなかったか。初々しいですなぁ」

「はぁ、まいっか。でも象さんって凄いんですよ！　ビデオでは鼻の先で物を掴んだり絵をかいたりしていたのですよ～」

「え、まじで？　そんなことありえる？　あの先っぽの形状で物理的に可能なの？　訓練次第ではできるのかな……」

「更に実は泳いだりすることもできるんですよ～」

「泳ぐの⁉　え、萎んで膨張してを繰り返したバック走法ってこと⁉」

「人を乗せるのだってよゆ～なのですよ～」

「あ、それは納得。騎乗位ってことね」

「そーゆーことですよ～」

：こんなん卑怯だwww
：これ組長完全にシュワちゃんで遊んでるだろ笑
：全然そーゆーことじゃないですよ～

：萎えて勃ってを繰り返して泳いでる姿想像したら吹き出した

：会話の流れで鼻(竿)で泳ぐと思ったのかwww
：新しい泳ぎ方の発見やな、名前はどうする?
：バタフライがあるんだからカブトムシでいいでしょ
：草

それからもしばらく噛み合っていない会話が続いたあと、コメント欄を確認したところでようやく私は何が起こっていたのか把握したのだった。

「もう、エーライちゃんも意地悪だなぁ」

「いや私ちゃんと動物のビデオって言ったのですよ！　勘違いする方がおかしいのですよー！」

「うっさいやい！　私にとってAVといえばアダルトビデオただ一つ、オンリーワンなの！」

「あ、新しい生存者がいるのですよ～」

「無視すんなー！」

むぅ、まぁいつまでもネチネチしてても仕方がない、ゲーム実況に戻るとしよう。

エーライちゃんが見つけたのは一緒に洋館に来た友達の一人ミカンちゃん。このゲーム屈指の美少女だ。

話しかけてみると、紫鬼から逃げ込んだこの部屋でずっと怯えていた様子。

ここで選択肢の登場だ。


1・一緒に脱出ルートを探そう。

2・放っておく。


「どーするよエーライちゃん？」

「そんなの決まってるのですよ！　友達なんだから一緒に生きて帰るのですよ！」

迷わず1を選ぶエーライちゃん。流石組長、人情が厚いぜ！

そしてその言葉を聞いたミカンちゃんは――

『はぁ!?　あんな化け物がいる中を歩けるわけないじゃない！　馬鹿じゃないの？　はぁ、早くタクミに会いたい……』

…………

「なるほどなるほど」

「く、組長？」

「てめぇの名前ミカンやったよな？　それじゃあこのヤッパで全身綺麗に皮剝いてやるよ、

覚悟しろ」

「さらばミカンちゃん、紫鬼に捕まったほうがまだ幸せだったかもね……」

もうゲームのエンディングも近くなってきたはず、ラストスパート頑張っていこう！

さぁ、エーライちゃんに襲い掛かる次の関門は直線状なら一瞬で距離を詰めてくる紫鬼の亜種だ。

見た目は非常に平べったい板のような化け物なので、もろに空気抵抗を受けるはずだがそこは気にするな！

「シュワちゃん先輩、こいつ名前なんですよ？　なんか見た目がプールとかで子供とか泳げない人が使うあれに似てますけど」

「ビート板のこと？」

「そう！　それですよ～」

「それなら名前ビート板だちゃんとかでいいんじゃない？」

「メロンパン〇ちゃんみたいに言うなですよ！　アンパ〇マンの世界にこんな化け物はお呼びじゃねぇですよ！」

「個人的にはバイキンタマン推しです」

「どこのどいつですよ⁉　余計な文字入れたせいで性病みたいな名前になっちまってるで

やうううぅぅぅ!!」

「こいつ本当に頭大丈夫なのかですよ……」

「アンアンマン、新しい竿よ！　アンアン！　マンがアンアンしてアンアンマンになっちすよ！」

:頭おかしなっとるで（手遅れ）

:即落ち2コマンガちゃん推しです

:コシアンマンとツブアンマンが戦う話好き

:最後合体して羊羹(ようかん)マンになったのには感動した

:お前らは何を言ってるんだ……？

:コメント欄の最近の暴走具合を見るにリスナーは配信者に似るんやなって

:てか組長普通に避けてるな

コメントの通り、後ろのゲーム画面ではエーライちゃん操るヒロキがうまく敵の正面を避けることで攻撃を躱(かわ)し続けている。

もうゲームも終盤の終盤、幾たびの抗争の中で死線をくぐり成長を続けた組長には大したものではなかったようだ。

完璧とまではいかないまでも丁寧な躱し方でうまく逃げ切ることに成功した。

「よくやったエーライちゃん！　もう脱出間近だよ！」

「マジですよ⁉と、とうとうこの地獄が終わる……涙が出そうなのですよ」

「泣いてる場合じゃないよ！　ほら、紫鬼来てる！　逃げて逃げて！」

最後まで執拗に襲い掛かってくる紫鬼だが、追ってきたのは所詮普通の個体。今のエーライちゃんの敵ではない。

余裕綽綽といった調子で、まるでこちらが手玉に取っているかのようにエーライちゃんは逃げ始めた。

でもなエーライちゃん、実はこのゲームの最後の紫鬼はな——二体セットなんや。

「アッ——‼」

エーライちゃんのその叫び声はあまりにまぬけで、悲愴的で、あまりにもチンパンであった。

逃走方向から現れたのはかつての友人、タクミだった。

最後の最後で再会とはなんて喜ばしいことだろう。まぁ彼がおぞましい紫鬼へと変わり果てていなかったらの話だが。

美しいまでの挟み撃ちになすすべもなく、ヒロキは命を散らしたのだった。

：声がｗｗｗ

：今の声どこから出したんや
：フクロテナガザルの鳴き声そっくりだったぞ
：叫び声のバリエーション豊富やな
「おい今私のことフクロテナガザルのケイジ君って言ったやつ事務所来いや」
「せめて事務所じゃなくて動物園って言おうか。あと個体までは指定してなかったよ」
その後も流石に紫鬼二体となると慣れてない分きついようで、再び多くのゲームオーバーを積み重ねることになった。
「ふぁっきゅー！　ふぁっきゅふぁっきゅ！（ダンダンダン！）」
「お、落ち着いてくだせぇ組長！　もうお年なんだからお体に障りやすぜ！」
「おい、今誰が私のこと年寄りって言った？」
「ケイジ君です」
：おい
：これほどまでに潔い擦り付けは中々見られない
：カイジ君、君の雄姿は忘れない
：雄姿を覚える前に名前を覚えてもろて
：指定愛護団体栄来組

あまりにも容易く絶えるヒロキの命。最後だけあって相手も本気だ。
だがその時はふと訪れた。
またもや挟み撃ちの状態から、今度は間一髪で紫鬼の側面を潜り抜けたエーライちゃん。
そしてそのまま足は止まらず逃走路で見つけた脱出口から脱出、そのまま一度たりとも
振り返らず洋館を後にした。
ゲームクリア——罰ゲーム終了だ。
「お、終わった……？」
「おめでとうエーライちゃん。正真正銘これで終わりだよ」
「やった……長かった……」
：８８８
：￥５００００
：けじめ付けたな、かっこいいぜ
：おめでとー！
：物凄く濃い時間だった
「それじゃあエーライちゃん」
「はい？　どうかしたのですよ？」

「明日から頑張れ☆」

「あ」

私の言葉でこの配信前までは組長のくの字すら見せていなかったことを思い出したのだろう。かたったーは今でもお祭り騒ぎだ。

最後の最後までエーライちゃんの絶叫たっぷりの配信になったのだった。

心音淡雪争奪戦

ある日の昼間、私は配信プランを考える合間の休憩時間に、かたったーのタイムラインを漁(あさ)っていた。

最近はライブの練習と配信の両立で少し忙しい日々が続いているから、何気ないこの時間が愛おしい。

ライブオンメンバーのかたりが山ほど溜(た)まっている。同じ事務所のライバーではあるが、同時にライブオンの一ファンでもある私としてはこれを見るのも楽しいんだよなぁ。

「ん？　私の話？」

寝転がりながら気の抜けた顔で画面をスクロールさせていたのだが、ふと私の淡雪という名前が見えた気がして手が止まった。

かたっているのは……有素ちゃんだ。

【相馬有素@ライブオン淡雪殿推し】

淡雪殿と最も相性がいいライバーは私なのであります！

なぜなら愛があるから！

私は淡雪殿に求められたことならなんでもできるのであります。

淡雪殿の為なら魚の小骨を全て取り除いてあげたあと頭をなでてもらったり、草履をぺろぺろして温めておいてキスしてもらったり、お風呂で全身をまさぐって洗った後にSEXしてもらったりなんでもできるのであります！

「いかに自分が献身的かアピールしているようでちゃっかり対価要求してんな……あと草履を舐めた口とはキスしたくないよ……最後に至っては有素ちゃんがやりたいだけでは？」

思わず配信のテンションで口に出してツッコミを入れてしまった。

ここまでならいつもの有素ちゃんだなーで終わるのだが、このかたりにはリプ欄に他のライバーが参加していることに気づいた。

【彩ましろ@ライブオン】

はっ
これは……ましろん？

たった二文字だけのかたりで、最初私も真意を摑みかねたのだが、有素ちゃんはなにか感づいたものがあるようで更にリプが続く。

【相馬有素@ライブオン淡雪殿推し】

出たな私の恋敵！　自らやってくるとはいい度胸なのであります！　今日こそ淡雪殿を私の手に取り戻すのであります！

「最初から有素ちゃんのものではないよー」

【彩ましろ@ライブオン】

そんな欲望にまみれたかたりをしている人がなにを言っているのかな、あわちゃんも見てたらドン引きしてるかもよ？

【相馬有素@ライブオン淡雪殿推し】

黙るのであります この泥棒猫！　今のはただの妄想であって淡雪殿にならば『余計なことしてんじゃねーぞクソ野郎』と言われてもいいのであります！

いやむしろご褒美まである！　もっと罵ってくださいお願いしますであります！

【彩ましろ@ライブオン】

余計なことしててんじゃねーぞクソ野郎

【相馬有素@ライブオン淡雪殿推し】

ましろ殿に言ってほしいわけではないのであります‼

淡雪殿のお言葉だからこそご褒美なのであって、私がただのドMなわけではないのであります！

【昼寝ネコマ@ライブオン】

クソ猫と呼ばれた気がして

【彩ましろ@ライブオン】

その呼ばれ方で来ちゃうんですね、あと呼んでないです

【相馬有素@ライブオン淡雪殿推し】

そうだネコマ先輩、今度一緒に淡雪殿の歴代くしゃみ全集の切り抜き動画作るの手伝ってくれないでありますか？

【昼寝ネコマ@ライブオン】

にゃにゃ！　素晴らしいクソゲーのお誘いだな！　よろこんで協力するぞ！

【相馬有素@ライブオン淡雪殿推し】

ん？　今クソゲーって言ったでありますか？　淡雪殿の切り抜き動画を作ることをクソ

ゲーと言ったでありますか？

言ってないでありますよね？　この世で一番の神ゲーにそんなこと言わないでありますよねネコマ殿？　え？　え？　え？

？？？？？？？？？？？？？？？？？？？？？？？？？

【昼寝ネコマ＠ライブオン】

淡雪ちゃんは神、異論は認めない
【相馬有素＠ライブオン淡雪殿推し】

さすがネコマ殿！　よくわかっているのであります！

【昼寝ネコマ＠ライブオン】

にゃにゃ、あっぶねー、世紀のクソゲープレイ体験を逃すところだったぞ
【彩ましろ＠ライブオン】

ばかばっか
「なんでかたったーをプロレス会場にしてるんだこの人たち……」

当人を差し置いて謎のプロレスを繰り広げる二人＋野良猫(のらねこ)一匹に思わず苦笑いになってしまう。

え……しかも流石(さすが)にここで終わりかと思ったらまだ続いてるよ……今度は有素ちゃんか

ら噛みつきにいったみたいだ。

【相馬有素@ライブオン淡雪殿推し】

そもそもましろ殿は淡雪殿に失礼なのであります！

淡雪殿がはいと言えばはい、いいえと言えばいいえ、抱かせろと言えば淡雪殿っていつもそうですね……！（歓喜）と応える

それが人としての道徳というものではないのでありますか⁉

「ちがいますよー」

ぜひともこの子には道徳を小学生から習い直してほしい。

【彩ましろ@ライブオン】

なんでも我儘を聞くことがその人の為になるとは限らないものだよ

僕はあわちゃんのことを願ってあえて冷たい対応もとるんだ

それが親友であり、同期であり、親子である僕とあわちゃんの絆だよ

なにしれっと恥ずかしいこと言ってるのましろんんんんん――⁉⁉

たまに思うけどましろんクールに見えて普通の人が恥ずかしがる熱いことは普通に言ったりするから非常に心臓に悪い！

絆ってもう……フオオオオォォォォ――‼‼

【相馬有素@ライブオン淡雪殿推し】

ムキ――――!! 勝ち誇ったような態度が気に入らないのであります!

同期じゃない自分が恨めしい……

でも最初にも言った通り愛なら一切負けていないのであります! 愛は全てを超える!

やはり淡雪殿のセフレは私に決まりなのであります!

【彩ましろ@ライブオン】

どうぞどうぞ
【相馬有素@ライブオン淡雪殿推し】

間違えた、オカズは私に決まりなのであります!

【彩ましろ@ライブオン】

どうぞどうぞ
遊んでるだろこいつら。

【彩ましろ@ライブオン】

有素ちゃん、そんなにあわちゃんの一番になりたいんならさ、本人に判断してもらえばいいじゃん
お、おや? 流れが変な方向にいってないか?

【相馬有素@ライブオン淡雪殿推し】

……といいますと？

【彩ましろ@ライブオン】

今度さ、三人で配信してどっちがあわちゃんに相応しい逸材なのか、いろんな分野で試してみようよ
本人の言うことに勝ることはない、あわちゃんがはいと言えばはいって有素ちゃんもさっき言ったよね？

【相馬有素@ライブオン淡雪殿推し】

なるほど！　その案、敵ながらアッパレなのであります！

その戦い、受けて立つのでありますよ！

淡雪殿の正妻に選ばれるのは絶対に私なのであります！

【彩ましろ@ライブオン】

はいはい、それじゃあまた後でねー
その謎の自信をへし折ってあげるよ

「ふふふっ……」

なんとも仲のよさげなやり取りを見て、思わず天を見上げ、柔らかな笑い声が漏れる。
みんな——当人が一切知らないのにコラボの予定が決まっている、これがライブオンだよ——

そして後日——

「どうもこんましろー。ましろんこと彩ましろです」

「はっ！　相馬有素、ただいま参上したのであります！」

「…………」

「どうしたのあわちゃん？　早く挨拶しなよ？」

「帰っていいですか？」

「だめであります！　淡雪殿は本日の主役なのですから、いてくれなければ話にならないのであります！」

「そうですか……ええ、今宵は淡雪が降ってしまいましたね、心音淡雪です」

当然のようにコラボ配信が始まっているのであった。

いやまぁあの後実際にお誘いが来て、それを私が承諾したわけなんですけど。

まぁ嫌ではないんですよ、はい。よい配信のネタを提供してくれたと考えれば本当にありがたいですしね。でもなんというかね、どういうテンションで配信をやればいいのかが良く分からないんですよねこの企画……。

「というわけでね、僕と有素ちゃんのかたったーを見てる人ならなんとなく流れがつかめていると思うんだけど、僕と有素ちゃん、どっちがあわちゃんにふさわしいか勝負していこうと思うよ」

「負けられない戦いが始まるのであります……淡雪殿への求婚に立ちはだかる最大の壁、今日で粉々に崩してみせるのであります！」

「というわけらしいです……」

「おやや？　どうしたのですか淡雪殿？　さっきからテンションがおかしいような……あっ！　そういうことでありますか！」

「おっ、分かってくれましたか有素ちゃん？」

「本日の主役のたすきが欲しいわけでありますね！　今すぐ準備するのであります！」

「いやいらないいらないいらない絶対いらない！」

あぁ、本当に始まってしまうのか……。

「どうしたのあわちゃん？　こんなかわいい女の子二人侍（はべ）らせてるんだからもっと喜びな

「嫌な言い方しないでくださいよ……。あのですね、なんかこう、私の立ち位置違くないですかこれ？　ほら、私誰かに求められるほど偉くないですし、解釈違いってやつですよ」

「そうだね、最初からあわちゃんは僕のものだもんね」

「淡雪殿は世界一偉いのであります！」

「いやね、もうこの時点で匂いまくってるんですよ、有素ちゃんはさておいてましろんはボケたいんだなって。このシチュエーションで私が辱められるのを楽しむつもりなんだなって。だっていつもましろんそんなこと言わないじゃないですか！　なんか声もニヤニヤしてるし！」

「やだなぁあわちゃん、僕はあわちゃんと最も相性がいいのは僕であるとこの小娘に知らしめるのと同時に照れてるあわちゃんをいじりたい、そして日々のシュワちゃんムーブの仕返しがしたい、それだけだよ」

「やっぱり裏があったかこの悪趣味女！　同期を笑いものにして楽しいか！　どうせあの絆とか言ってたかたりも私をいじりたかっただけなんでしょ⁉」

「え、いやあれはマジなやつで」

「え？」
「あっ」
「…………」
「私を置き去りにしてラブコメしてんじゃねえええええぇぇぇぇぇであります‼」
：完全にハーレムラブコメの主人公なあわちゃん
：なんて羨ましい、俺も職場でスト〇〇飲んで暴走すればハーレム作れるかな
：逆ハーレムは作れるんじゃね？　誰一人周りにいないって意味の逆だけど
：あわましてぇてぇ
：意外と独占欲ましましのましろんすこ
：ましろんはどんな時でも淡雪ちゃんへの愛に満ちているのが分かるのがいい
：ツンデレのように見えて本人もそこは隠してないからな
：なんでこの二人はこんなことで争ってるんだ……？
：スト〇〇の新作が一本限定で発売するって言ったら争奪戦になるだろ？　そういうことよ
：分かるような分からんような例えやめろ
：３Ｐすれば全て解決すると思います

：欲にまみれた平和主義者
：かっこいい
：聖様の同族
：かっこ悪い
：百合(ゆり)好き（性的な意味で）
：かっこいい
：草
「こ、こほん！　まぁそんなわけでね、私はイマイチ気乗りしないわけですよ」
「じゃあスト〇〇飲んでシュワちゃんになればよかったんじゃない？」
「二人がボケまくるだろうからツッコミ役を頑張ろうと我慢してあげたんでしょうが！」
「そんな淡雪殿、私の為(ため)を想(おも)って……」
「うっわぁ……想いと重いが同じ発音の意味が今分かりましたよ……」
：有素殿は早速あわちゃんに引かれてて草
：あわちゃんえーらいえーらい
：レモネードさん頑張れ
：あわちゃんのことレモネードは草

：アルコールが抜けてるからな……

：そもそも最初はアルコールの概念すらなかったはずなのにどうしてこうなった
「ぅぅぅ……こんなの私のキャラじゃない。私はどっちかというと求められる側じゃなくて求める側のはずなのに、そっちでシュワシュワになってボケ倒してるはずなのにぃ！」

「慣れない立場に動揺して照れてる淡雪殿がかわいすぎるのであります、パンツ脱ぐのであります」

「配信でシュワニーするのやめてもらっていいですか？」

「今はアワニーであります」

「そういう問題じゃないですから‼」

「私は大好きな人の生き方に倣って、素晴らしいものを見たとき、それに対して正直な言動をとることを決めた、ただそれだけなのであります」

「すごいですよね！　こんなそれっぽいこと言っておいてやってることはパンツ脱ごうとしてるんですよ！　一体だれが彼女をこんなのに変えてしまったんですかね！」

「あわちゃんだよ」

「本当にすみませんでしたぁ‼」

もうだめ！　本当にテンションが迷子！　そこそこな期間ライバーやってきたけどこん

な配信は初めてだよ！

落ち着いてぇ……落ち着いてぇ……ガチで愛が重すぎる有素ちゃんと普段の仕返しで色んな意味で殺しにかかってくるましろん。この二人の相手をしないといけないんだから冒頭からこんな調子だと持たないぞ……。

「ふぅ……そもそもですね、これ私の何を競う配信なんですか？　一体なにで勝敗を付ければいいのかすら私知らないんですけど」

「それはね、僕も知らない」

「ぇ……」

「私もさっぱりなのであります！」

「二人とも知ってます？　計画を立てることって結構重要なんですよ？　行き当たりばったりで上手くいくなんてそう簡単には起こらないんですから」

「あわちゃん、この前の案件」

「淡雪殿、配信切り忘れ」

「わーお、ライバー名をブーメランマンに改名してきた方が良さそうですねこれ」

：こんなにタジタジのあわちゃんは珍しい、来てよかった
：FC3のライブチャット配信と聞いて来ました

：ＣＦのライブチャットの配信と聞いて来ました
：ＣＦだと某レーサーだったりパンチだったりランチ紹介してる人のライブチャットになるぞ
：イクときファルコンフィニッシュって叫んでそう
：ブーメランマン、昭和のヒーローに居そう
：淡雪ちゃんの頭についてる白いのってブーメランってまじ？
：このかわいすぎる外見でブーメランマンは無理でしょ
：中身は？
：ブーメラン
：とうとう擬人化とも言ってもらえなくなったか
「まぁ僕はどんなことでも新人になんか負けないからね」
「こんの〜挑発しおってからにぃ‼　じゃあコメントで決めるのであります！　リスナー殿のみんな、私たちに淡雪殿のクイズでもなんでも出してほしいのであります！」
「私たちは日々リスナーさんのおかげで活動出来ております、いつも本当にありがとうございます」
この展開には思わず頭を下げてしまう私なのだった。

：いえいえ
：ちょっと調子に乗ってるましろんかわいい
：まだ後輩との絡(から)みが新鮮だからな、先輩になれて嬉(うれ)しいんでしょ
：ましろんまじすころん
：クールに見せかけたただのかわいい
：あわちゃんはお風呂(ふろ)でどこから洗うでしょーか
「あっ、そのコメントであります！　まずは淡雪殿のお風呂事情で勝負するのであります！　淡雪殿を愛しているのなら当てられるはず！」
「いいね、僕もそれでいいよ」
「はい待った」
「ん？　どうしたのあわちゃん？」
　当然の流れのように進行しようとする二人を私は冷静に止める。
「これってクイズ方式でやるのなら自然と答えも必要になるわけですよね？」
「まぁ正解がないクイズなんてリスナーさんももやもやしちゃうから、必要か不要かで言ったら必要だね」
「なんで私がこんな大衆の前でお風呂事情を暴露せねばならんのですか⁉」

「私にだけ教えてくれるでも大丈夫でありますよ？」

「本当ですか？　いや有素ちゃんに知られるのもなんか危険な香りがするんですけど、それならそっちで――」

「いや待つんだあわちゃん」

「はい？」

「世の中にはね、隠すいやらしさというものがあるんだよ。あえて答えを伏せることでそこに妄想という要素が加わることになり、答えなかったということは言えないエッチな要素があったりするのか……っ⁉　みたいなことを考える人たちが出てくるわけだ」

「な、なんですと⁉」

「だからねあわちゃん、ここは普通に答える方がいい結果になったりするんだよ。それとも……本当にいやらしいことでもあるのかな……？」

「わ、分かりましたよ！　答えてやりますよ！　やればいいんでしょやれば！　それはもう正面から堂々と誤解の一切生まれないよう答えてやりますよ！」

「やったのであります！」

：ナイスましろん
：流石(さすが)ラインすれすれのセンシティブイラストに命を燃やす女

：完全小悪魔モードのましろん破壊力やばすぎるだろ
：シュワちゃんには冷たいけどあわちゃんにはグイグイのましろん最高
：本人には絶対に言わないけど死ぬほど気になる
：わたし、気になります
：スト○○の品質管理事情助かる
：やったぜ
：話題に出て期待させた以上やらないという選択肢を排除するの本当にあわちゃんえらい
：そこに気づくとは、やはり天才か

……うん、コメント欄はスルーしよう。

「まぁね、僕はあわちゃんのことならなんでも知ってるからね、そっちから答えてどうぞ、有素ちゃん？」

「ましろんは本当になんでも知ってそうだからそう言われると怖いですね」

「何でもは知らないよ。あわちゃんのことだけ」

「それそんなドキッとするセリフでしたっけ？」

「淡雪殿を誘惑して、なんて卑しい女でありますか！　その余裕、へし折ってやるのであります！　こちとら淡雪殿の自宅に隠しカメラを山ほど設置している身、負けるわけないのであります！」

「はいストップ」

「はっ！　生命活動を一時停止するのであります」

「あわちゃん、せめて有素ちゃんが呼吸するのは許してあげてくれないかな？　僕も一緒に謝るからさ、どうか未来ある少女の命まではとらないでほしいんだ」

「なんで私がパワハラしてる悪いやつみたいになっているんですか⁉　誰も呼吸まで止めろなんて言ってないんですよ！」

　謎のコンビネーションを見せる二人に振り回されながらも意地で会話の流れを修正する。

絶対に聞き流してはいけないことを有素ちゃんは言ったはずなのだ。

「有素ちゃん、私の家に隠しカメラ仕掛けてるの？」

「３６０個仕掛けているのであります」

「すっげぇなぁ、私の家実質全面ガラス張りじゃないですか」

「お風呂に３６０個設置しているのであります」

「もっと分散させろ！　配置方法おかしいでしょ⁉　どんだけ私の裸見たいんだよ！　隠しカメラっていうのは分散させた方がいろんなところを写せるしバレにくいんですよ！」

「なんで隠しカメラ配置のアドバイスしてるのあわちゃん？　もしかしてそういう性

癖？」

「違うわ！　このおバカがお風呂のタイル一枚一枚にカメラ仕掛けるレベルの奇行をしてるからツッコまざるを得なかったんですよライバーとして！」

「身の危険よりツッコミ優先、職業病だね」

：草草の草

：なるほど、これが最近出てきた360度カメラってやつですか

：むしろその数を設置して今までバレなかったのがすごい

：最高に頭が悪くて好き

：すっげぇなぁ（清楚）

：全面ガラス張りどころか逆マジックミラー号なんですが

：逆マジックミラー号 www

「まぁ勿論冗談なのでありますが！」

「そりゃそうですよね、本当だったらどうしようかと、そもそも住所すら知らないはずですし」

「推しの邪魔をしないのがファンの第一ルールなのであります！」

「良い心がけだね。まぁ僕はあわちゃんに悪戯をすることとかもあったうえで、一番の親

友という立場に収まり日々いちゃいちゃしてるけど」

「カメラ買ってくるのであります」

「悪戯で人の家にカメラ360個も設置するやつがいるか！　ましろんも煽らないの！

この子まじになったら本当に何しでかすか分からないタイプの子なんだから！」

「ごめんなそーりー」

ああぁ、なんかもう疲れてきた。お酒飲みたい、お酒飲んで全て吹き飛ばしてしまいたい……。

「よし！　それでは答えるのであります！　私が淡雪殿を一番理解しているということを証明してみせる！　淡雪殿がお風呂で一番最初に洗う場所はずばり、脚であります！」

「へー、だってさあわちゃん。どう？」

「えっと……外れです」

「死んでくるのであります」

「今死なれると私が死因として世間に認知されてしまうので勘弁してください」

「まぁまぁ有素ちゃん、そんなこともあるよ」

：脚はないな、そもそも付いてないし
：やっぱりレモンからかな？　いや、それとも数字からか？

：もしかしなくてもスト○○缶の話してます？

「ま、まだであります！　まだ負けは決まっていない！　ましろ殿も答えるのであります！　これで外れなら引き分けであります！」

「はいはい、答えは頭だね」

「あ、正解です！　すごいですねましろん！」

「死んでくるのであります」

「あわちゃんのさっきの返しをそのまま流用します」

流石ましろん！　まさかこんなにあっさり当ててしまうなんて！

……あれ？　でも問題的になんか当てられたら当てられたで怖くないこれ？

「ましろん……まさか監視カメラを⁉」

「違うから、この前お泊りしたとき一緒にお風呂入ったでしょ」

「あ、なるほど……っていや、でもあっさり当てられるってことは私が体を洗うところをじっくり見ていたってことでしょ！　ましろんのエッチ！」

「だって綺麗なものは見ちゃうし」

「フンギャアアアァァァ⁉　ああああ甘いこと言ってはぐらかそうったってそうはいかかかかか」

「めっちゃ効いてるじゃん」
「淡雪殿！　私はもっとエッチでありますよ！」
「そんなもの競わなくていいから！」
：ましろんが色んな意味で強い
：有素ちゃんの考えることが毎回少しずれてるの草
：ライバーになった理由すら常識外れだったからな
：頭から洗うのか……閃いた！
：なにを!?
：あのお泊り配信はいいぞ
「というか、正解を知っているとはずるいのでありますよましろ殿！　こんなの不正なのであります！」
「お風呂の問題にしようって決めたのはそっちだったじゃん。たまたま得意分野だっただけだよ」
「ムキキキキ……淡雪殿はどう思うでありますか？」
「え、私ですか？　うーん……やっぱり二人とも答えを知らない問題の方がフェアだとは思いますね」

「流石淡雪殿であります。というわけで新しい問題を考えるのであります！」

「仕方ないなぁ」

ありがたいことに再びお題が書き込まれていくコメント欄。

私もぴったりなものはないか集中して眺めていたのだが、最初に声を上げたのはましろんだった。

：あわちゃんの今の悩み

どうやらこのコメントがましろんにはしっくり来たようだ。

「やっぱりあわちゃんが辛いときに支えることが出来てこそ真のパートナーだと思うんだよね」

「ほう！　たまにはいいこと言いますなましろ殿！」

「生意気な後輩だ、えげつない内容の同人誌にしてやろうか？」

「ぜひとも淡雪殿とセットでお願いするのであります！」

「この後輩、ぶれない」

二人が仲良く話している中、私は悩みについて考える。

今悩んでることかぁ、何かあったかなぁ……。

……あっ。

ふと頭に今の状況にピッタリな悩みを思いついた。これならいけるだろう。

「どうあわちゃん？　いけそう？」

「ええ！　もう今悩みまくってることがあるんですよ！　しかも二人が知らない悩みです！」

「おお！　淡雪殿の配信は全て発言まで網羅している私が知らない悩みとは流石淡雪殿、日々向上心を忘れていないのでありますな！」

「本当に？　僕はオフでも話すことが多いけど、それでも知らないの？」

「はい。もう完璧です、どんとこい！」

自信満々な私の様子を見て、不思議そうな声を出しながら考え出す二人。

悩みがあるのに自信満々なのはおかしな話かもしれないが、その悩みを思いついたことで私は逆に勝ち誇ったような気分でいた。

「えーなんだろ……この前シュワちゃんの時にかわいいってコメント見ると嬉しいって言ってたから、もっとかわいいって言われたいみたいな感じかな？」

「い、いやーあははは、それはちがいますねーあははは……」

「あ、じゃあこの前作った料理をリスナーさんに褒めて欲しいからかわいいお皿探してるって言ってたからそのことか！　あれ？　でも僕も聞いたことない悩みってことは違うか、ごめんごめん」

「ましろんわざとやってるでしょ⁉　なんでそんな恥ずかしい裏事情バラしちゃうの‼」

：なんだこのかわいい生き物

：あわちゃんもシュワちゃんもかわいいに決まってるだろ！

：ましろんは淡雪推しの救世主

：シュワちゃんかわいい！

：料理写真待ってます

ほら、なんかコメントの毛色が一気に変わっちゃったじゃん！　リスナーさんもノリ良すぎなんだよ！

はぁ……顔熱い……。

「ほら！　次は有素ちゃんですよ！　私の悩み、なんだと思いますか？」

「なかなか難しいでありますな……蛇口からスト〇〇が出ないことですかな？」

「甘いね有素ちゃん、あわちゃん宅はもう出るよ」

「御見(おみ)それしたのであります」

「いや出ない出ない。大体ね、スト〇〇はあのギラギラした缶に口を付けて飲むのが接吻(せっぷん)みたいでたまらないみたいなところあるから、それは違うんですよ」

「指摘するところ致命的に間違ってるよ」

「これは大変失礼したのであります。淡雪殿のスト○○への愛を侮っていたのでありま
す」

「ごめんなさい今正気に戻りました、全力でさっきの発言は忘れてください」

もう油断してたせいで変なことまで言っちゃったじゃん！　尚更恥ずかしい！

「うーん……でもそうなると本格的に分からないな。僕としたことが情けない」

「私も分からないのであります……淡雪殿、何をそんなに悩んでいるのでありますか？」

「はい、それでは答え合わせですね！　私の悩みは――」

一呼吸を挟み、気持ちを噛みしめるように目を閉じたまま、私は口を開いた。

「二人にこれ以上争わないでほしいんですよ」

「あ、淡雪殿……」

「あわちゃん……」

「私なんて不毛なもので争ってないで。もっと二人の笑顔が私は見たいんです」

決まった、完全に決まった。

流れを完全につかんだ渾身の一撃、これが効かないわけがない。

これできっとこの訳の分からない争いは終わり、三人で和気あいあいとした和やかな配

信に切り替わるんだ。

ああ~怖いわぁ~。これをとっさに思いつく自分の対応力の高さが怖いわぁ~。

「それは嫌、あわちゃんは僕のだよ」

「淡雪殿、人生には戦わなくてはならないときがあるのであります。私にはそれが今なのであります」

そして私の対応力よりこの二人の闘争心の方が怖いわぁ~。

「どうしてですか……今の完全に締めにいく流れだったじゃないですか……もうあわはましろん、シュワは有素ちゃんのものみたいな決着でいいのでやめにしません?」

「嫌、あわちゃんもシュワちゃんも僕のもの」

「淡雪殿は二面性を一身に備えてこそ淡雪殿という存在なのであります。どちらかが欠けていてはだめなのであります」

「もう実は二人とも私をいじって楽しんでいるだけじゃありません?」

その後も同じ流れが何回か続き、まぁ恥ずかしい私の情報がゴロゴロと公のもとに飛び出して行った。

：淡雪ちゃんの理想のプロポーズ
「私からいくのであります。ロマンチックなイルミネーションで大勢の人が居る中、ただ一人淡雪殿の為だけに叫ぶのであります。『淡雪殿、私をスト○○の次でいいので二番目の女にしてください！』と」

「そんなとんでもないことしでかしてくれたら私は全力で他人のふりをして逃げますからね。史上最低のプロポーズですよ」

「あわちゃんの理想のプロポーズかぁ……あわちゃんはあんまり私生活で派手なものは好まない印象があるから、家で過ごすゆったりとした何気ない瞬間とかかな」

「あ、あははははっ！　いいですねそれ、正解です！　でもそんなドンピシャで当てられるとめちゃくちゃ恥ずかしいというか……」

「淡雪殿は日常を大切にする人なのでありますな！」

「つ、次行きましょう！」

：淡雪ちゃんの一番の性感帯
「よーし、次はこのお題でいっちゃおうかなーであります」

「有素ちゃんが知りたいだけでしょ、却下です」

「バレたのであります。じゃあましろ殿の性感帯にしておくのであります」
「なんでこの流れで僕？」
「淡雪殿が知りたいかと思ってであります」
「私のことをよく理解している有素ちゃんに1ポイント贈呈します」
「おいこら」
：あわちゃんがかわいいを出すとギャップで困惑する、だが悪くない
：将来のガチ恋勢である
：あわちゃんはかわいいし家事出来るし面倒見もいいし面白いしで素晴らしい女性だぞ
：面白いに込められたものがデカすぎるんだよなぁ
：実際結婚したい
：一緒にスト〇〇を飲みたい人ランキング1位
：性感帯は草
：あわちゃんが時々欲求に負けてシュワ出るのすき
まぁシュワで日々暴走している身だ、悲しいことに今更恥じることもない身だからこの程度だったらいいんだけどね……ただ本格的にツッコミ一辺倒になるのは久しぶりで疲れたよ……。

「くぅ……そろそろ時間的に終わりでありますか……正直どっちが相応しいのかの答えは未だに出ていないように思うのであります」

「そうだね、きっとこの答えは簡単に決まるものじゃない、この先も争いは続いていくだろう。でも——あわちゃんのことが知れて有素ちゃん、嬉しかったんじゃない？」

「——っ!? ま、まさかましろ殿、私の為を思って……」

「まぁ現状付き合いの長い僕が有利過ぎるからね。まぁ最終的にあわちゃんは僕のものなことは確定してるけど」

「なに二人でいい話風に締めてるんですか……」

「あわちゃんを渡したくないのは本当だよ？」

「ああああああもうそんなこと言わなくていいですからあああ——‼」

「ましろ殿……貴方こそ我がライバルにふさわしいお方なのであります！」

結局最初から最後まで仲がいい二人なのだった。


配信はこれで終わりになったのだが、静かになった部屋で一人、実は少し答えを濁してしまっていた『私の悩み』を思い返していた。

悩みかぁ……正直言うと最近の晴先輩の動向が謎過ぎて気になる部分はあったのだが、私のライブへの参加自体がサプライズになっているし、そもそもが晴先輩の事情になるのでそれは言えなかった。

晴先輩、貴方は一体何を考えて——そして何を思ってこのライブに出ようと決めたんですか——？

ライブオン常識人組

いよいよライブの開催日が目前に迫っている。恐らくライブ前にできる配信はあと数回になるだろう。

このタイミングであまり暴れ散らかして体力を消耗するわけにはいかない。なので今日は落ち着きながらも見どころのある配信を目的とした企画が立案された。

というわけで——

「1！　皆のママだよ神成シオン！」

「2！　清楚の擬人化心音淡雪（あわ）！」

「さ、3！　みんなのお嫁さんこと柳瀬ちゃみ！」

「「三人そろって、ライブオン常識人組！」」

：は？
：は？
：**は？　￥2000**
：なんやこのメンツ……
：ブラウザバックしました
：低評価2回押しました
：現代日本において身分を偽装するのはまずいですよ！
：誰かこの人たちに鏡って物の存在を教えてあげて
：ツッコミ待ちかな？
：1・母性がヤベーやつ、2・存在がヤベーやつ、3・コミュ力がヤベーやつの間違い
：黒（歴史）の三連星
：常識人の意味を小学校に通って6年間かけて教わってこい
：1番と3番はまだギリギリ許してもいいかもしれん、ただし2番、てめーはダメだ
：あわちゃんだから大丈夫だと思ったのかな？　思考能力が鈍っているのかもしれない、スト〇〇飲む？

：出オチ
：清楚を擬人化する途中で異物混入起こってますよ
：もう伝説入り

さぁさぁ開幕早々愛ある罵詈雑言の嵐から始まりました今回はこの三人で配信していきますよ！

今回はちょっと意外なメンツが集まったんじゃないかな。

この企画の発起人はなんとあの人見知りで有名なちゃみちゃん。誘われた私が一番びっくりしたのだが、おそらく勇気を出して誘ってくれたのだろう、ここで断る選択肢など私にはないのだよ！

「はいはいというわけで企画役のちゃみちゃんから今回も進行役を任されましたシオンママです！　最初に企画の説明をするね！」

「「お願いしまーす」」

「ええっとまず大前提として、ライブオンは変人だらけです」

「「そーだそーだ‼」」

：うんうん、君たちとかね
：こらこら、ノリツッコミは締めに自分でツッコまないと成立しないぞ？

：2番さんに至っては変人筆頭なんですが、目見えてます？
：ちゃみちゃまどうしたの……
：まさか……いや、そんなまさかな
「そんなわけで常識人である私たちは毎日のように彼女たちの相手をして疲れているわけですよ。今日はそんな苦労人たちによる傷の舐め合いになります……」
「「あーつかれたー」」
：あーつかれたー（棒）
：この台本考えたやつ天才だろ
：ほら、早く舐めたいのは傷だけじゃないけどねって言ってみ？　ほら言ってみ？
：終始このテンションで行くのか……鋼のメンタルがうらやましい
：この場が一番ライブオンしてる
「まぁそんな感じで、最近四期生も入ってライブオンもカオスさに拍車がかかったと思わないかい二人とも？」
「そうですね、ライブオン人事担当者はＡＩ搭載型スト○○なんじゃないかと疑いましたよ」
「確かにみんなすごいわよね、私はまだコラボできてないけれど」

「え、そうなの？」

シオンママは少々びっくりした様子だ。

確かに私もコラボしてるの見た記憶ないなぁ。

元からちゃみちゃんがコラボ回数が少ない方というのはあるんだけど……。

「個性派が多すぎて完全にビビってたわ」

「ふたを開けてみればいつものライブオンでしたからねぇ……」

「つい先日園長を組長に変えた張本人が何を言うか」

「あれはホラゲが悪い！　俺は悪くねぇ！　俺は悪くねぇ！」

「でもね、後輩があんなに頑張ってるのに先輩になった私がいつまでもこのままじゃだめだなとも思うの。実は今日二人を誘ったのもそんな経緯があるわ」

ほへー、なるほど、そういうことだったのか。

「今日は頑張って喋ってみるから、どうか温かく見守ってね」

「了解です。でも頭キマッてる＝頑張ってるとか正しいとかじゃないですからね！」

「そうだよ！　ライブオンに居るとただでさえ現実の常識が通用しないんだから、正常な感覚を忘れないでね！」

…と経験者は語る

：シオンママは自分が気づいてなかっただけで本質がもうライブオンだったからな
：ちゃみちゃん健気(けなげ)で好き
：なんだかんだちゃみちゃんasmrとかで根強い固定ファンいるイメージあるから十分すぎる程すごいんやけどな
：この前のボイス販売とかも話題になってたしな
：正統派なかわいい感じだから、ちょっとライブオンの中では異端児のイメージがあるんかな？
：周りが全員異端児だから正常に近い人が逆に異端児扱いなのほんと草
「まぁ前置きはこのぐらいにして、まぁぶっちゃけて言うとライブオンライバーのこんなところがやばい！　みたいなのを井戸端会議みたく三人で話し合おうって感じだよー」
「一応事前にNGはないか皆にチャットで聞いたんですけど、『ライブオンにNGの二文字はない！』って皆に返されたので心配いらないと思います」
「むしろ世間的にNGなものを好んでやっている人ばかりだものね」
案の定お前らが言うなでコメント欄が埋め尽くされたが、気にした時点で羞恥がやってくるので心を強く持って企画を進めよう！
「まず誰から困っていること話しますか？」

「わ、私は話の流れとかを把握したいから少し後からがいいわね」

「それじゃあ私からいこうか？」

「お、それじゃあシオン先輩お願いします」

一番手に決まったシオン先輩、正直毎回コラボで苦労しているイメージなのだが、一体どんなエピソードが出てくるんだろうか。

「なに話そうかな……私の場合ほぼ全員に困ってるんだよね」

「そうですよねぇ。ご苦労様です」

「うんうん、本当に苦労しているわけですよ、ねぇあわちゃん？　大変なんだよ？」

「な、なんですか？　清楚な私はシオン先輩に苦労なんか掛けてないはずですが？」

「うんうん大丈夫、ママである私は手のかかる子も大好きだからね、だから君はあるがままの君でいいんだよ？　最後のその日まで面倒見てあげるね」

「助けてくださいちゃみちゃん、監禁エンドのフラグが立っている気がします」

「ははは……私も同じことにならないように気を付けるわ」

そんなことを話していると、話が逸れてしまったことに気が付いたのか慌ててシオン先輩は何を話そうか考え出した。

進行役まで暴れ出すと企画が壊れてしまうことが分かっているのだろう、いくら本性が覚醒してもこういうしっかりしたところがあるからシオン先輩はライブオンにとって唯一無二の存在なのだ。

本当にいつもお世話になっております……。

謝罪の意も込めてサポートでもさせてもらうとしよう。

「一番最近困ったこととかってなんですか？」

「あー……昨日の夜に聖様と配信外で一緒にゲームしてたんだけど、私を驚かそうとしてヘンな悪戯（いたずら）してくるんだよね。もう毎回のことなんだけどさー」

「やっぱり聖様なのね、予想通りだわ」

「もうなんだかんだ言って付き合い長いからね、もう苦労しっぱなしだよ！」

：この二人はライブオンの定番カップリングのイメージ

：キャラが正反対なのになぜか合ってるんだよな

：性様は何をやってもシオンママが拾ってくれると信じてるって勝手に思ってる

：この前聖様がコラボとかあると相手に指定とかなければ大体シオンママにも声かけるって言ってたしね

：ライブオン発端はハレルンだけど成長に関してはこの二人が相当影響あったはず

「そういえば、聖様と知り合うきっかけってどんな感じだったんですか？」

「あ、それ私も聞きたいわ。後から入った三期生組はそこらへん知らないから」

「きっかけかぁ、確かに詳しく話したこと配信でもなかったなぁ。いや、そんなに特別なことがあったわけでもないんだけどね」

そう言うと、シオン先輩は昔を懐かしむようにゆっくりと当時のことを話してくれた。

最初に聖様と出会ったのは二期生デビューの少し前、事務所で顔合わせしたのが始まりだったらしい。

と言ってもそこから急に仲良くなったわけではなく、これから一緒に頑張りましょうねーくらいのごく普通の初対面だったようだ。

そこからいよいよデビューの日が訪れ、同じ二期生としての活動が始まった。

これは意外なことかもしれないが、聖様は最初物凄くリスナーさんからの賛否両論があった過去がある。

だいぶ前のことだから私も実際に目で見たわけではないのだが、結構有名な話だ。

当時は【ライブオンの朝霧晴】ではなく【朝霧晴のライブオン】と言われても仕方がないほど晴先輩の存在が大きかったうえに、今ほどライブオンがぶっ飛んだ人たちの集まりというイメージも強くなかった。

聖様はその強烈なキャラクターによる認知度の上昇に合わせて、心無い言葉もＳＮＳで書き込まれることも少なくなかった。この時期は二期生の輪の中でも特に聖様の連絡頻度が低かった時期らしい。

時系列的にありえない話だが、もしこの時期に私が例の配信切り忘れを起こしていたら似たようなことになっていたのではとも少し思う。それ程までにリスナー間の前認識というものは重要なのだ。

そしてそれはやがて、ライブオンの癒し枠であったシオン先輩のもとにも、

：宇月聖と関わるのはやめておいた方がいいよ

などのコメントまでもが稀に散見されるまでに発展してしまう。

それに対してシオン先輩は「皆私のことを思ってくれてるんだと思う、それはありがとう。でも私が思う人の善し悪しは私が決める」と堂々と宣言し、後日シオン先輩からの誘いで後の名コンビの初コラボが決定した。

実はこの時聖様に前述の理由からかなり微妙な反応をされたらしいが、それでも根強く誘い続けたうえでもらえたコラボ了承らしい。

そしてざわざわとした異質な空気が漂う中配信されたコラボは、大方の予想を破り大成

功。聖様の強烈ボケをシオン先輩が更にツッコミで面白く返し、お互いがお互いを引き立てる。今日では伝説の配信の一つとして語り継がれている配信だ。

これ以降、聖様は頻繁に連絡をしてくれるようになり、今の関係に近づいていき、そして聖様に対する批判の声も小さくなっていった。

「懐かしいなぁほんと。今考えるとなんで急に聖様あんなに馴れ馴れしくなったのかな？」

聖様との馴れ初めを語り終えたシオンママは困ったような、でもどこか嬉しそうな声でそんなことを言う。

そんなのもう考えるまでもないだろう。

いつも颯爽とした態度を崩さない聖様だけど、聖様だって女の子なのだ。そこに確かに生きているのだ。嬉しいこともあれば傷つくことだってある。

聖様にとってシオン先輩は自分を救ってくれた大切な存在であり、そして今の話をあんなに、まるで大切な宝物が入った箱を開けるかのように話すシオン先輩もきっと同じ——

あぁ、やっぱりこの二人なんだよなぁ‼

「そんなことがあったんですね。なんだか感動してしまいました」
「尊いわね……もうこれだけでもお腹いっぱいだわ」
「そ、そんなたいしたことないから！　ただ仲良くなりましたよーってだけ！」
：いともたやすく行われるえげつないてぇてぇ
：**せいしおはガチ　￥10000**
：もうこんなの夫婦じゃん！
：聖様は十字架とか使ってるゴシックっぽい黒の衣装、シオンママは巫女服だから白の衣装って中身だけじゃなく外見まで見事に正反対なのが逆にカップリングに味を出してる
：実は二期生は全員赤の目を持ってるんやで
：ライブオンはまさか狙っていた……？
：結婚式はキマシタワーの屋上でやりましょう！
：なんだその一面に咲いた百合群生地の中心に立っていそうな塔は、最高じゃないか！
〈宇月聖〉：なーにを話しているのかなーシオン君？　もっと聖様らしいエピソードを紹介してくれたまえよ。ほら、聖様の目が持つ見ただけで女の子の穿いているパンツの色を当てられる能力、直視の痴漢の話とかあるだろう？
：聖様おるやんけ！

「お、聖様来てるじゃん、やほー」

「し、シオン先輩も目の色同じだからパンツの色当てることできたりするのかしら」

「できるわけないでしょ⁉　何聞いてるのちゃみちゃん！」

「ほんとですか？　もしかして自分が気づいていないだけで出来るかもしれませんよ？

ほら、試しに今の私のパンツの色当ててみてください」

「また悪ノリが発動しちゃったよ……青色！　これでいいでしょ！」

「え？　あれ、ちょっと待ってくださいね、確認します………あっ」

「え、な、なに？」

「い、いえいえ、なんでもないですよ？　えっと、次の話題にでもいきましょうか！」

「なにその反応⁉　それっぽく聞こえちゃうからやめてよ！」

「これは信憑性出てきたわね」

〈宇月聖〉：そうそう、こういうノリでいいんだよ
〈昼寝ネコマ〉：やーい照れてやーんの☆

〈宇月聖〉：照れてないですよ。私を照れさせたら大したもんだ
〈昼寝ネコマ〉：突然のプロレスラーに困惑不可避
：二期生勢揃いやん

：二期生推し大歓喜
：あわちゃん、全く気づいてなさそうだけどその行動は清楚ではないよ……

「はいはい私の話はこの辺で終わりにして、次はあわちゃんいこうか、困ってることはなに？」

「私ですか？　同姓同名同姿同声同命の同業者が暴れまわっててとんでもない風評被害を受けていることですかね」

「それを表すにはもっと短くて便利な日本語があるわよ。同一人物っていうの」

「あと、私なぜか結構変わった人に出会うことが多いんですよね」

「変わった人？　どういうこと？」

「えっと、例えば最近ですと」

記憶を探りながら二人に私が出会った世にも奇妙な人物の説明をする。

それは私が映画でも見ようと思ってレンタルショップに行った時の話であった。

店内を歩いていたら、一人の20代と思われる女性が昔流行った子供向けのアニメ【ム○キング】が置いてある棚を真剣な眼差しで物色しているのを見たんですね。

へえ、意外な層にも人気があるんだ。いや、もしかしてお子さんがいてその為だったりするのかな？　なんて考えながら失礼と思いながらも少々眺めていたんですね。

でも私は次の瞬間背筋が凍り付くような思いをすることになります。その女性がふと呟いた声が私には聞こえてしまったのです。

その少々粘着質にも聞こえる声は間違いなくこう言っていました――

「王道イケメンのヘルクレスオオカブトとガチムチのエレファスゾウカブトのカップリングたまらないわ～！　逞しくいきり勃ったオスのシンボルが荒々しくぶつかり合って相手の急所を狙い合っている……やっぱりム〇キングは最高のＢＬ物ね！」

「「⁉⁉」」

：⁉

：ファ⁉

：え？　え？

話を聞いていた二人とコメント欄が瞬く間にざわめきだす。

だがその光景を実際に目の当たりにした私の受けた衝撃には及ばないだろう。

いや、ほんとまじでお口（゜ロ゜）ポカーンってなってしばらく動けなかったからね。

「ちなみにその後カブトムシ同士の対戦模様を見て『これこそ真正なる兜合わせね。もう私は人間同士の偽物兜じゃ何も感じないわ。しかも樹液まみれのローションプレイ付き……今日はこれに決定ね！』って言ってましたよ」

「よ、世の中にはすごい性癖の人もいるのね……」
「流石（さすが）はあわちゃんだね、類は友を呼ぶってやつだ」
「いや一緒にしないでくださいよ！」
「チューハイにプロポーズした人と今の人は結構いい勝負だと思わない？」
「……ノーコメントで」
：カブトムシにしか興奮しない腐女子とはかなりの歴戦個体
：将来のライブオン候補
：クワガタ推しの百合厨（ちゅう）が通りますよー
：それはもうどういうことなの……
：なるほど、大きな角が2本あるヘルクレスは二刀流という意味でのふたなりになるわけだな……え？　シュワちゃん？
：心音淡雪、ヘルクレスオオカブト説
：異議をせずにはいられないなぁ（ふたなりガチ勢）
：なんだこのカオスなコメント欄
　ム〇キングガチ勢（性的な意味で）なお姉さまの話の後も、何個か私が出会ったことがある変人さんエピソードを紹介したところで、ひとまず私の会話ターンは終了となった。

次は流れ的にちゃみちゃんになるのだが……。

「私はそもそも困るほど周囲の人間と関わる機会がないのよね」

「「あ～……」」

初っ端からそんな身もふたもない話が飛び出してきてなんとも言えない空気になってしまった。

「それはなんとも……でも何か一つくらいあるんじゃないかな？　些細なことでもいいからさ」

シオン先輩がフォローを入れて何とか話題を引き出そうとしている、私も協力しなければと思い言葉を考えていたのだが、ちゃみちゃんは予想に反してこんなことを言い出した。

「そんな心配しなくて大丈夫。だって今回の企画考えたの私よ？　困っている人はちゃんといるわ」

「え、そうなんですか？　でもさっき困るほど人との関わりがないって言ってましたよね」

「そうだよね！」

私とシオン先輩が首を傾げている中、ちゃみちゃんは高らかにこう宣言したのだった。

「私が困っているのはこんな状況に陥っている私自身よ！　改善策がないか一緒に考えて

欲しいの！」

「「ええぇ……」」

どうしようもなくちゃみちゃんらしい困りごとなのだった。

「私ね、最近思うようになったことがあるの。あれ、私って個性弱いのかなって」

「そんなことはないような気がしますが」

「だって私の個性ってセクシーなお姉さんっぽいけど人見知りでポンコツってだけじゃない？」

「落ち着いてちゃみちゃん！　普通に属性てんこ盛りだから！　ライブオンが魔境過ぎるだけだから！」

：草
：だけの意味を調べて、どうぞ
：特別な環境下に置かれた人間の心理実験でもしてるのかな？

：例えの癖が強い
引き留めるシオン先輩だったが、どうやらあまり効かなかったようだ。ちゃみちゃんの声色は晴れない。

「だって皆ドカンドカン話題になるじゃない？　私そういう経験あんまりないから……」

「でも話題になる＝全てが良いではないですよ？　ちゃみちゃんは常に堅く人気を保ってると思います。熱心なファンの数の多さがそれを物語っていますよ」

「そう……なのかしら？」

「そうだよ！　インパクトが大きいと話題にあげる人が比例して多いから、それが大きいだけだと思う」

「私なんか話題になると9割以上お笑い関連なので、純粋にかわいいと言われているちゃみちゃんがたまに羨ましくなりますよ」

「なるほど！　これが隣の芝生は青く見えるってやつなのかしらね」

「そもそも個性って自分が持っていないものを後から付け足そうとするとろくなことにならないイメージあるからねぇ」

：分かる気がする

：というより天性の物じゃないとライブオンに付いていけないだけでは……

：あわちゃんもかわいいよ！（外見は）

：実は中身のかわいさもコアな人気があるという事実

：なんだかんだライブオンを支えてきた実績があるからね、面白さ以外も評価されてきてる私たちの懸命な説得もあって段々とちゃみちゃんの声に明るさが戻ってきた。

難しい悩みではあるけど、シオン先輩の言う通りあまりに無理があることをやろうとしてコケると最悪だし、なにより本人が配信を楽しめなくなってしまう可能性がある。私は仲間のそんな姿見たくない。

向上心があることは素晴らしいことだけど、自分を受け入れることだって時には大切なはずだ。

あ、それと言っておきたいことがあと一つ。

「あと、私はちゃみちゃんの個性に声もあると思いますよ」

「確かに！　シオンママも演技力とか含めてライブオンじゃピカイチだと思うよ！」

「声？　ああ、確かにasmrとか好きでよくやってるからね」

「落ち着くし艶っぽくて聞いてて飽きないんですよね、癖になる感じ」

「ほんと？　ふふっ、声を褒められるとなんだか嬉しくなってしまうわ」

「私の声はあまり特徴がない無個性なものなので、尚更そう思いますよ」

私の今の言葉、本心から何気なく口にしたものだったのだが――

「そ、そんなことないわ‼‼」

今までちゃみちゃんから聞いたことがない程の大きな声が返ってきた。

らしくない様子に困惑する私とシオン先輩だったが、立て続けにちゃみちゃんはまくしたてるように言葉を続けていく。

「淡雪ちゃんの声は全く無個性なものなんかじゃない！　そもそも人の声は多種多様であり千差万別、無個性なんて概念は存在しないわ！　同じ人間という生き物の私たちだけど容姿や性格と同じく声も自分だけの物なの。この振動から生み出されているとは思えない鮮やかな音色、二人だってわかるでしょう？　声とは人間の進化の奇跡であり神秘なの、神々しく尊いものなのよ‼　私は淡雪ちゃんの声にもシオン先輩の声にも全く別の良さを感じるわ、淡雪ちゃんの声は少し低めで気怠げな感じが耳に幸せ、語尾を伸ばしたりするときに少しかすれ気味になるところとかもう最高過ぎてゾクゾクくるわ。シオン先輩は性格が声にそのまま出てるかのような全てを包み込む優しい声、もう生きるアヴェ・マリアね、喋るだけで人を癒して誇らしくないの？」

　まるで自分の趣味を語るオタクのように絶妙な早口が止まらないちゃみちゃん。

え、嘘でしょ？　もしかして今までの流れ……盛大なフラグだった……？

「ね、声って素晴らしいものなの、分かってもらえた？　うーんでもこれだけじゃ足らないか、もう少し語っていい？　人の声ってマジでいい！」

　呆気にとられている私とシオン先輩には目もくれず、同期の私すら今まで聞いたことが

ちゃんの声は全く
とも人の声は多種
念は
ない
だ
や性
振動
出さ
るでし
く尊し
も
少し低め
に少しか
にな
わ。シオン
性格
込む優し
う生

ない饒舌が止まらないちゃみちゃん。最後は謎の韻まで踏んでいる。

これはまずい、なにがまずいのか正確には分からないけど、このまま放置したら色んな意味で大変なことになると私の第六感が激しく警報を鳴らしている！

シオン先輩も似たような気配を感じ取ったのだろう、困った様子の相槌を打ちながらちゃみちゃんを止められる良い言葉はないか探している。

任せてくださいシオン先輩！　同期の危機はこの私が止めてみせる！　私は怯まんぞ！　言葉を濁すような真似はせん、真正面から止めに行く！

「だめです」

「いやです。それでね、まずはね！」

「ウボア――‼」

「あ、あわちゃ――ん‼」

：ちゃ、ちゃみちゃま？

：あっ（察し）

：やばい進化演出入ったぞ！　bbbbbbb！

：残念だったな、拒否権などない！

：救いはないんですか⁉

：抑圧された自分を曝け出してしまうこの現象、人はマヨナカハイシンと呼んだ

だめだ、今のちゃみちゃんは暴走機関車、一度動き出してしまった以上止まるという概念を失ってしまっている！

「えっとね、それじゃあ分かりやすく説明してあげる！　そうだ！　淡雪ちゃんよく実質SEX理論ってやつやってるじゃない？　あれに例えてみましょう！」

「キャー‼　ちゃみちゃん！　SEXなんてエッチな言葉女の子が言ったらだめですよー‼」

「は？」

なんか一瞬シオン先輩から恐ろしいほど冷たい声が聞こえた気がしたけどそんな場合じゃないんだよー！

「私から言わせてもらえばね、人は声でSEXしているのよ、性器なんて二の次。よく考えてみて？　性的興奮というものは多くが声からもたらされていると思わない？　喘ぎ声は勿論淫靡な言葉や声色で性は呼び起こされる、これはDL○iteの18禁ボイスが文字通り声が主役なのにもかかわらず飛ぶように売れていることが証明しているわ、つまりはそういうことなのよ」

ああ、なるほどちゃみちゃん、君の言っていることが段々と理解できてきたよ。なぜか

って？　だって私は今こんなにもちゃみちゃんの声で感情をかき乱されているのだから。声の持つ凄まじい力に翻弄されているのだから。

「今の話をね、日常の生活に置き換えて考えてみて？　人が何かを感じるにあたって、声からもたらされているものが数え切れないくらいあることに気づいてもらえると思うの。それこそが人と人とのつながり、つまりSEXなのよ！　私たちの配信だってそう！　リスナーを楽しませるのも感動させるのもびっくりさせるのも全て声から始まっている、それで生活している私たちライバーは声のイリュージョニストなのよ！　声のすばらしさ、分かってもらえたかしら？　分かりやすいようにもう一度実質SEX理論で説明するわね。短く言うと私たちライバーはリスナーと声でSEXしてるってこと、そしてこれが意味することは‼」

「『い、意味することは？』」

「ライバーとは『ボイスSEXイリュージョニスト』なのよ‼」

あぁ――――終わった――――

：大草原
：パワーワード爆誕
：すまん、俺声で童貞卒業したけどまだ童貞のやつおりゅ？

：どうも！　ライブオン所属ボイスSEXイリュージョニストの柳瀬ちゃみですってことですね分かりません
：前に配信で声関連の機材の話でやけに熱っぽく語っていたことあったけどここまでの声オタクだったとは……

私の目から光が失われていくのを感じる。

降り注ぐ豪雨のような勢いで書き込まれていくコメント欄、もう歯止めが利かない。配信後のかたったートレンド入りは確定だろう。

というかなんかこれデジャブを感じるぞ、前の園長は組長だった騒動の時もこんな感じだったじゃないか。

なに？　これもしかして私のせい？　私には人の性癖を暴き出す能力でもあるの？

ま、まぁ奇しくも最終的にちゃみちゃんの強い個性が欲しいという悩みを本人の隠れざる個性を引き出すことで解決したな、うん、そう思おう、思わないと明るい明日がやってこない。

ほら、シオン先輩なんかさっきから「なるほどなぁ」って言って現実逃避してるもん、あのシオン先輩が進行投げ出すとか超激レアだからね？

「えっと、なんか話が広がりすぎてしまったわね、本題に戻りましょう。淡雪ちゃんが自分の声に個性がないって言ったのが始まりだったわね？　さっきも言ったけど淡雪ちゃんの声には魅力がたっぷり詰まっているわ。個人的に推してるのはシュワちゃんになった時の声色の変化ね。普段が落ち着いている感じなのにスト〇〇を飲むとキーが少し上がってふにゃふにゃしている感じになるギャップがまぁたまらないわ。シュワちゃんお得意の下ネタの嵐があの落ち着いた普段の淡雪ちゃんと同じ声帯から発声されていると思うと私なんてもう股間が――」

その後もこの暴走機関車は一切速度を落とさぬまま進行を続け、残り少なくなっていた配信時間の終わりまでそれは続いたのだった。

尚、後日論文か何かかと初見時に錯覚してしまった程の字数が丁寧に書かれた謝罪文がちゃみちゃんから私とシオン先輩に送られてきた。私たちは別に被害を被ってないから問題ないんだけどね。

そして肝心のちゃみちゃんはというと、後の配信でもこの件に触れられまくり、無事声オタいじられキャラの立ち位置を確立したのだった。

閑話　二期生と晴

「よーしこれでばっちりでしょ！　お疲れさん！」

「お疲れ様」

「お疲れ様です！」

「乙だぞ！」

観客のいない大規模ステージという矛盾した空間に四人の煌(きら)びやかな声が響く。

この日は実際の会場での晴のソロライブリハーサルが行われていた。

集まったのは一期生の朝霧晴を中心として、宇月聖、神成シオン、昼寝ネコマの二期生組の計四人。

ライブのセトリではこの組み合わせで一曲カバー曲を披露することが決まっており、今丁度終わったところで、ライブでもここで前半終了になるため、ここから少しの時間小休憩が入る。

「なんだか感慨深いね、こんなおっきなステージに私たちが出るなんてさ」

シオンがそう言うと、ネコマと聖もその通りとばかりにうなずき、晴はそれを見て昔のライブオンの光景がフラッシュバックし、噴き出してしまった。

「懐かしいね～、今と違って三人はギリギリで生きてたっけか」

「ネコマはそうでもなかったぞ、やりたいことやれてたし、プレッシャーとかも感じない性格だからな。ただこの二人はやばかった」

ネコマが二人を睨むと、聖とシオンは気まずそうに顔をそむける。

「私はほら、晴先輩のヒットを見て煌びやかな世界を想像して入ったからさ、もうギャップすごかったんだよ！　初配信の時とかは晴先輩のパワーもあって結構な人数が集まってくれたから嬉しかったんだけど、そこからしばらくは配信するたびに同接が減って減って……しかも配信の準備とかも大変だし機材トラブルは起きるしネットではあることないこと書かれるしで、すぐに甘ったれてる場合じゃないって現実を突きつけられたからなぁ……」

「でもしばらく経ったらちゃんと人気も軌道に乗ったじゃんか。それは私の力が離れてもお本人に惹かれる人間が増えていったってことだよ」

「だから今は本当に安心してるんですよ～‼」

「おーよしよし」

泣きつくシオンを晴が抱きしめる。おしおというのは晴独特のシオンの呼び方だ。

晴はライバーや親しい人間を呼ぶとき、このような愛称を用いることが非常に多い。実はこれにも理由があり、その人の印象に強く残ること、そして些細な点から特別を生み心の距離を縮め、円滑な人間関係を構築するためだった。

――晴はとても頭が良かった。

「まぁ聖様はネコマ君から睨まれる程ではなかったけどね」

「「それはない」」

私は関係ないとばかりの聖様に、今度はネコマだけでなく三人の鋭い視線が突き刺さる。

「聖は最初の頃本当に危うかった、断トツでやばかったぞ」

「さっき言った活動初期の私の心労には聖様の心配もあったんだからね！」

「確かにあの頃のセイセイはめっちゃ尖ってたねぇ」

「……初動の話題性は一番高かったはずなんだけどなぁ」

視線と言葉の棘がザクザクと聖に突き刺さり、言い訳の言葉と共に再び聖は顔を逸らす。

その姿を見て三人が笑い、やがてその笑いの輪に聖も加わる。

ライブオンの黎明期を体験し、そして支え合いながら三期生へとバトンを繋ぎ、今の箱人気の基盤を作った。苦悩を共にした彼女たちの間には特別な、彼女たちだけの繋がりがあった。

「聖様からしたらライブを引き受けたことが驚きだったけどね」

「あっ確かに！　晴先輩って目立ちたがりのように見えて意外とそうじゃないからなぁ」

「ネコマもそれは気になるぞ！」

ライブオンの社員以外はライバーも含めて晴がライブの開催を決意した理由は知らされていない。三人からの問いに、晴はしばらく考えた後、静かに首を横に振った。

「それはまだ秘密！　楽しみは最後に取っておきましょう！」

その答えに三人は若干不満そうな声をあげるも、それ以上の追及はしなかった。

「さてと！　私はこの後もまだまだリハが続くから頑張りますかね！」

「了解、この後のライブの流れってどうなってるんだい晴君？」

「えーっと、ソロで何曲か歌った後にシュワッチと一緒に締めだね」

「あ、そうそう淡雪ちゃんも出るんだよね！　さっき楽屋で見かけたよ！」

「確かまだ関係者しか知らないサプライズだったたか？　絶対とんでもないことやる気だぞ……」

「あははは、そこもまたお楽しみにってことで！　おっ、もう後半開始しちゃうな」

後半のリハ準備が整ったようで、いそいそと晴以外はお疲れの言葉と共に舞台袖にはけていく。

その背中に向かい晴は――

「ほんと、立派になったなぁ」

小さくそう呟いたのだった。

晴先輩と焼肉

「「かんぱーい‼」」

甲高い音を上げてグラスとジョッキがぶつかり合う。目の前に広がるは鮮やかな朱色が脂でテカリ、どこか色気すら感じる美味しそうな肉たち。そして獲物はまだかと炎を燃やす鉄の網。

今日は朝早くから晴先輩のソロライブのリハーサルがあった。私も参加者として呼ばれていたので、今は聖様の実家が経営している焼き肉屋にて二人でささやかな打ち上げだ。

他にも私のようなサプライズではないにしろゲスト参加予定のライバーが数人来ていたのだが、忙しい上に別にフルで出るわけではないので、登場部分のリハが終わってしばらくしたら帰っていった。

私もそれでよかったのだが、こんな機会滅多にないので最初から最後まで見学させてもらったところ、なんだか申し訳ないが晴先輩からごはんに誘っていただけた感じだ。

私はなぜか例のカラオケコラボの時から店のメニューに加わっていたスト○○を、晴先輩はビールを疲れた体に流し込む。

ちなみに新人のバイトさんと思わしき人がビールを頼んだ晴先輩を見てすごく困っていた。合法ロリだからね、仕方ないね。

そこで晴先輩がここぞとばかりに「この身分証が目に入らぬか！」と某黄門様のように成人を表す身分証を突きつけたのだが、年齢疑われた時点でかっこよくはないと思う。

打ち上げが始まって、最初はお腹が空いていたのもあって焼肉で腹を満たしながら雑談をしていたのだが、お腹が落ち着いて酔いも回ってきたところで会話の頻度が上がってきた。

「最近さ、なんでもゲーミング化してるよね。ほら、あの光るやつ」

「確かに、最近マスクとかもしてましたよね。もうゲーム関係ない気が結構しますが……」

「もうそのうちゲーミングパンツとか出そうだよね。服の下でパンツのところだけ発光してるのとかどう？」

「それなら男性が息子の部分だけ発光してたらめちゃくちゃ面白くないですか？」

「あはは！　ゲーミングだけにジョイスティックってな！」

「どんなジョイで使うんでしょうか、意味深ですねぇ」

店が個室なのをいいことに段々盛り上がっていく会話。

やがて話題は今日のリハーサルのことになった。

「それにしても晴先輩は流石ですね」

「ん？　なにが？」

「今日ずっと楽しそうにやってたじゃないですかー。私ならパニックになっていたと思います」

リハーサルを通して、晴先輩は常に落ち着いていた。

元々予定していたものが、リハーサルをしてみるとしっくりこなくて変更になる点も少なくなかった。

それでも晴先輩は常に場のムードメーカーとなり、更にスタッフがアイデアに困ったときは自分からどんどん意見していた。

本番で失敗する姿なんて想像もできないほど、その様は堂々としたものだった。

「ん～、言っちゃえばライブって本番に何が起こるか分からないからさ。だから準備するにこしたことはないけど、あれは割と気楽に動いてただけだよ」

「それができる時点ですごいですよ。憧れます」

「ほんと？　シュワッチにそんなこと言われると照れちゃうな～えへへ……私もね、実はシュワッチに似たような感情を持ったことあるよ」

「え、本当ですか？　どこにそんな要素が？　私は晴先輩には晴先輩のままで居てほしいですよ……」

「う～んとね。正確には本性がバレる前のあわっちになりたいって思ったことがあるんだよ」

「え、昔のってことですか？　あの地味な？」

「そうそう」

また私の理解が及ばないことを言いだしたなこの人は！

今の芸人ポジションの私になりたいって物好きはもしかするといるのかもしれないけど、昔の私という個人になりたいっていうのは理由が思いつかない。

だけど……冗談で言っているようには見えないんだよなぁ。

「でも思ったことがあるってことは今は思ってないってことですか？」

「んー、まぁそうだね」

「あー！　酷いこと言いますねーもう！」

「あはは！　違う違う、そんなマイナスの意味じゃなくて、プラスの意味でだよ」

「ほんとですか〜？　こんな酒＋下ネタ＋女好き＝みたいな人になりたくないだけじゃなくて？」

「ほんとだよ。今は私は私じゃないと駄目なことに気が付いた、それだけだよ」

「それならいいですけどー」

「逆にさー、シュワッチは他のだれかになりたいと思ったことない？」

「私ですか？　ん〜」

その問いに少々考えた私だったが、結局はただ一つの答えに帰着した。

「無いですね。少なくとも今は無いです。私は今毎日が楽しくて仕方ありません。これを自分から手放すなんてありえないです」

「そっか。うんうん、いい答えだ！」

にししっと晴先輩が笑ったところで、この話題は終了となった。

前のＩＱのくだりに関して追及してみようかとも思ったが、多分答えてもらえないだろうからやめておくとしよう。

きっと何か意味がある、いつか教えてくれる日がくるはずだ。

リハーサルも終わって本番も近づいてきた。ライブの会場チケットはすぐさま完売、オンライン視聴予約の勢いも止まる所を知らない。

自分にやれるだけのことをしようと心に誓ったのだった。

第三章

ダイヤモンドダスト

「ふ――――……」

用意されていた楽屋の中で、先ほどからずっと私は一人目を瞑り呼吸を落ち着けていた。

本日はとうとう前々から念入りに準備されていた晴先輩ソロライブ決行の日だ。

当然心臓がメロスピバンドのドラマーが如く高速ビートを刻んでいたので、なんとか平常心を保とうと瞑想にふけっていたわけである。

コンコンコン！

「ん？　はーい！」

突然ノックされた楽屋のドア、まだライブ開幕までには時間があるのでどうしたのだろうと思いながらドアを開けると、そこには晴先輩が立っていた。

「よっ！」

「晴先輩！　あれ？　ライブの事前確認はもう大丈夫なんですか？」

実は楽屋入りする前に真っ先に晴先輩に挨拶しておきたくて駆け込んだのだが、その時は大勢のスタッフさんに囲まれながらライブに備えて細かな確認作業を忙しそうにしていたため、邪魔しないように一言簡単な挨拶だけしてその場を去っていた。

「いいや、次はあわちゃんと一緒のシーンの確認があるから呼びに来たんだよー」

「あ、なるほど、了解です！　すぐ準備しますね！」

時間は刻一刻とライブの開幕へと近づいていく——


「はい！　淡雪さん一通りＯＫです！」

「ありがとうございました！」

スタッフさんのその言葉にやっと一息つくことが出来た。

ただいま私の登場シーンにおける流れや機材などの確認も終わり、どうやらこれで事前確認は全て終了、大きな問題もなしで後は私たちが頑張るだけとなった。

やることがなくなったので後は開幕まで端の待機スペースで晴先輩と休憩だ。

「緊張してるのかい？」

「あ、やっぱり分かりますか？」

「表情が硬いもん、バレバレだよー。まぁ分かるよ、何と言っても今日は累計13億500 0万人のエアギタリストを動員する一大ライブの日だからね」

「すごいですねそれ、地球のエアギターの競技人口を考えると異星からもお客さん来てますよね？　会場アラスカとかにしなくて大丈夫ですか？」

「アラスカは今土地をすべて使って全世界ゆで卵選手権をしてるからだめだったんだよ」

「なるほどそうだったんですね。ゆで卵はどう頑張ってもクオリティに大きな差は生まれない気がしますが……」

「まぁ大丈夫！　この箱でも縦×横×高さのスペースを使えばきっとお客さんも入りきるよ！」

「高さってことはお客さんの肩の上にもどんどん積んでいくわけですか！　小学校とかで組体操をやるのはこのためだったんですね！」

そんな何気ない馬鹿なことを言い合って笑い合っているこの時間は、不思議と私の緊張を解してくれた。

すぐそばではすでに会場入りしたお客さんたちのざわめきが聞こえてくるが、この先輩は笑みを浮かべ、どこまでも普段と変わらない。

それがなんだかすごく心強くて安心する、人の一生で経験することが奇跡のような場だ、一体この人は何を思っているのだろうか？

「緊張するねー」

「え？」

そんなことを考えていた私にとって、晴先輩の放った今の言葉は驚きのものだった。

「緊張……しているんですか？」

「勿論(もちろん)、心臓の音聴いてみる？」

「えと、いいのであればぜひ」

邪(よこしま)な考えなど本当になしに、純粋に今の言葉が本当か答えが知りたかった。

首を縦に振ってくれた晴先輩、体をしゃがませその小さな体の胸元に耳を添えると、確かにそこには私と同じくらいの駆け足で心拍数を刻む心臓があった。

「本当ですね……ライブ、怖いんですか？」

「んーライブはそうでもないかな、絶対成功させる自信があるよ」

「え、えぇ？　いやだって、こんなに心臓暴れてるじゃないですか！」

意外やら困惑やら様々な感情に振り回される私だったが、そんな私の目を晴先輩は吸い込まれそうな目で真っすぐ見つめてこう言った。

「憧れのあわちゃんと一緒に舞台に立てる、そのことに緊張してるんだよ」

「……え？」

「晴さーん！　そろそろスタンバイお願いしまーす！」

「あ、はーい！」

固まってしまった私をおいて、「いっちょやりますかねぇ！」と舞台へと歩いていく晴先輩。

今のは揶揄われた？　いや、己惚れかもしれないがそんな雰囲気では無かったと思う。

晴先輩……前の話が本当なら今まで散々濁してきた本心、今日教えてくれるんですよね？

ライブ会場が暗転し、次に明かりが灯った時には会場が揺れる程の歓声が上がった。

朝霧晴ソロライブ【ハレルヤ】開幕だ――

「楽しそうですね、晴先輩」

「ええ、とても」

出番が近づいてきた私は、舞台袖にてマネージャーの鈴木さんと共に来る時を待っていた。

会場ではスクリーンに映し出された晴先輩のアバターがアイドル衣装を身にまとい、時には本気でかっこよく、時には本気でふざけてお客さんを盛り上げている。お客さんもそれに応え、まるでこの会場そのものが一つの生き物になったのではないかと思うくらいの一体感だ。

そんな中私はというと、緊張が一周してしまったのか逆に不思議と落ち着いていた。非現実的な夢でも見ている気分だ。

「鈴木さん」

「はい？」

「鈴木さんって晴先輩はどんな人だと思ってますか？」

なぜそんなことを聞いたのか、それはさっきの晴先輩の真っすぐな視線が脳裏から離れなかったからである。

私と違い晴先輩とVTuberではなくライブオンの社員という関係の鈴木さんだ、なにか違う見え方をしているのではないかと気になった。

「そうですね……私にとっても先輩にあたるのでこんなこと言っていいものかとは思うのですが、とても不器用な人ですね」

「え、不器用……ですか？」

私は首を傾（かし）げずにはいられなかった。その言葉は晴先輩と最も遠いものだと感じたからだ。

「私も前までは不器用なんて思ってなかったんですよ。でも少し前に日向さんから社員皆（みんな）にどうして今回はライブを引き受けようと思ったかの説明がありまして、ふふっ、その理由があまりにも不器用だったものですから」

「はぁ」

「本当に、頭がいいんだけど不器用で、あまりにも真っすぐな人なんですよ」

思い出し笑いをしながらそう語る鈴木さん。

「さて、今のが予定では最後の曲になります……で、す、が！　ここで皆さんにとんでもないサプライズをご用意しています‼」

「──っ！」

もう少し追及したいところではあったが、どうやらそろそろ出番の時が来たようだ。

「雪さん、準備を」

「はい！」

さて、覚悟を決めて行くとしよう。

それにしても人のライブに参加するだけでここまで精神が摩耗するとは……。

いつか私が晴先輩のポジションでライブする時とかも来るのだろうか……。

「雪さん」

「はい？」

「あなたはきっと自分が思っているよりずっとずっとすごい人間です。だから堂々と胸を張って行ってきてください」

今の言葉は一体どんな心境からのものなのか、またどんな意味を持つのか具体的なものは分からなかった。もしかするとただ勇気づけてくれただけかもしれない。

だけど——

「ありがとうございます、行ってきます！」

今の私にその言葉を否定する理由は見当たらなかった。

「なんとここでスペシャルゲストの登場！　満を持して登場するのは——……心音淡雪ちゃんだあああぁぁ‼」

「皆様こんにちはー！　心音淡雪と申します！」

会場が割れんばかりの歓声に包まれる。ライバー人生でここまでリスナーとの距離が近いのは初めてだ。

それにしても突然の登場なのに皆あったけぇなぁ……シュワちゃーんやあわちゃーんといった雄たけびが私の背中を押してくれている。

「あわっち！　今日は来てくれて本当にありがとう！」

「こちらこそ、このような場に呼んでいただき至極光栄です」

「でもこれだけ大勢に見られてると緊張して喉渇くでしょ？　まぁまずはお互いお水でも飲みましょうや」

「そうですね（プシュ！）」

「ん？」

「はい？」

「え、今何開けたの？」

「お水ですが？」

「ほんと？　とても純真無垢なお水からは出ない音がしたような気がするけど……まぁいいや、私も飲もーっと、ごくっごくっ」

「ごくっごくっごくっ……んんんぎもぢいいいぃぃぃ‼」

「へ？」

「あ、なにか？」

「いや、今とてもお水を飲んだだけとは思えないガンギマリ声出てなかった？」

「喉からっからだったのでおいしかったんですよ」

「ほんとのほんと？　もしかしなくてもストロングなやつ飲んでない？」

「まぁそれも広い定義で見ればお水なので」

「って、それならやっぱりスト○○飲んでるんじゃん！」

これで初っ端（しょっぱな）から会場が笑いに包まれ、私もスト○○のおかげで本気を出せる。一石二鳥でつかみはばっちりだ！

事前に綿密に晴先輩と計画しただけあって完璧な流れだったと言えるだろう。

「さてと、なんでこのタイミングでシュワッチに来てもらったかなんだけど、実は些細（ささい）なものは抜かすとこれが私たちの初めてのコラボになるんだよね」

「前に初コラボは盛大なものにしたいって言ってましたからね！」

「だってライブオンの初代エースと次世代エースのコラボだよ？　手抜きなんかできないでしょ！」

「ということで今回は？」

「今回は～？」

「二人で歌う完全新曲を初披露したいと思います‼」

その言葉に連れて会場に本日最大級の大歓声が上がる、いいねいいね、ボルテージは最高潮だ‼

さぁ、いよいよここで曲が流れて――

「っと、でもその前に……私からシュワッチとリスナーの皆、そしてライブオンのライバー皆に聴いてほしい曲が一曲あります」

…………へ？

「作詞作曲は私、曲名は【自分語り】、今日の為に書いた曲で、恐らくもう歌うことは二度とないね、激レアだよ？」

「え？　何この流れ？　私聞いてない……」

今一度大歓声に沸く会場と対照的に、完全に台本になかった流れで何がなんだか分からない私は困惑して木のように立ったまま固まってしまった。

そんな私を晴先輩はまたあの真っすぐな視線で直視する。

「サプライズだよサプライズ！　まぁ喜んでくれる内容かは微妙だけど……でも、聴いてくれると嬉しい」

本当に卑怯だと思う、そんな目で見られたらどんな状況に置かれても首を縦に振ってしまうにきまっている。

全く罪作りな人だ。どれだけ私のことを振り回してくれるのだろうか。

本当に困った人で——私が救われるきっかけをくれた大切な恩人。

喜んでどんなことでも見届けさせてもらおう。

「ふぅ……やばい！　やっぱり恥ずかしくなってきたかも！　あのね、まじでただの自分語りだからこういうの嫌いな人はミュート推奨ね、手を使って人力ミュートよろしく！

…………オッケー？　準備できた？　それじゃあ……音楽お願いします」

バンド隊が奏でるゆったりとしたアコースティックギターの、まるで水滴が緑葉から滴り落ちるような繊細な音色でその曲は始まった。

以降ただひたすらに同じメロディーが繰り返され、それに晴先輩が言の葉を乗せていく。

淡々と進むその歌は、まるで昔話やおとぎ話の類を聴いているようで、歌というより本当に語りという方が相応しいかもしれない。

それは一人の少女の軌跡——

あるどこにでもありふれたごく普通の家庭に一人の太陽の名を持った少女が生まれた。

少女はそれはそれはとても頭が良かった。少女はあらゆるものを一目見ただけで理解し、そして自分の力で発展させていく……その姿から天才の名が広まるのもあっという間のことであった。

だが、彼女の特異性は勉学以外の面にも向けられていた。並外れた好奇心を持っていた少女は普通と呼ばれる枠組みの人たちが理解できないものに興味を示し、子供心に任せて奇行とも呼べるような行動を繰り返した。少女の知能はあまりにずば抜けており、大多数が形成した普通の枠組みに収まってはいなかったのだ。

やがて、その姿を同年代の子供たちや一部の大人が煙たがるようになる現象が起きる。

人は自分と同じ生き物であるにもかかわらず自分の理解が及ばない存在が傍に居ることに大きな不安を感じる生き物だ。結果的に自分の持つ普通の枠組みに収まる人間で結束し、安心できる環境を作った。

少女は孤独になってしまった。

だが少女はそれでもとてもとても頭が良かった。

どこか息苦しさを感じながら生活していた少女だが、思春期に入るにつれて自分がなぜ周りの環境に適応できていないかを考え始めた。思考を重ねた結果、見事にその答えにたどり着き、少女は普通の枠組みを学び、理解し、そして自身をその枠組みに無理やり詰め込むことで周囲との適応を図った。

少女は計画通り孤独ではなくなった。真の自分自身を生贄に捧げることによって——そのまま少女は成長を重ね、気づけば大学生になっていた。もう一人前の女性だ、少女ではない。

人並みの生活環境、勉強も勿論できる、でもどこか退屈で心に穴が開いたような日々が繰り返される。

衝突や恋などの青春と呼ばれる類のものは一切経験しなかった。作られた普通を演じ、自分自身を偽って生きている自分に誰かの心を動かすことなど許されないと彼女は考えていた為、人前ではただひたすらその場にいるだけの空気のような存在を心掛けた。

だが大学生活は今まで程虚無に過ぎていったわけではなかった。大学内で四人の友人と呼べる人間ができたからだ。

その四人ははっきり言えば大学の中では浮いていて、勉強ができなくはないが夢見がちで子供のころを忘れられていない、そんな人たちだった。

でもそんな人たちだったからなのかもしれない、大学でバカをやってははしゃぎ、時には怒られて反省し、でもやりたいことが出来ればまずはやってみる。そんな四人を見ていることが不思議と彼女は好きだった。

彼女は四人の姿に封じてしまった元の自分らしさを見た気がして強く心を動かされていたのだ。勇気を出して話しかけに行った彼女を、四人は温かく迎えてくれた。

今まで通り自分を偽ってはいるけど、四人のおかげで今までとはちょっと違う生活、だがそれも大学の卒業が近づいてきたことで終わりの兆しを見せ始めていた。

そんな状況下、四人のうちの一人の女性がこんなことを言い出した。


「私は起業して社長になる！　だから皆もついてくるがよい！」


本当に唐突なことで、流石に困惑した彼女含め四人に女性はなぜそう思ったのかの経緯をまるで武勇伝を語るかのように高らかに説明し始める。

だがその理由も「社長と呼ばれる人生を歩んでみたい！」やら「どうして起業して社長から始められる道があるのに新入社員からの道を皆選ぶのか？」やら「IT！　時代はやっぱりITだから！　若者の最先端知識を活かして時代、獲りに行かない？」やらのまぁお先真っ暗が目に見えているような有様であった。

当然苦笑い状態の彼女であったが他の三人の反応はというと……まさかのノリノリであ

った。

結果本当に起業を行動に移すことになってしまったので、彼女は悩んだ結果、付いていくことに決めた。

この時の彼女の心境はというと、大学生活を楽しませてくれたのだから少しばかり恩返しがしたい、そしてできることならまだこのおバカな四人を傍で眺めていたい、そういう思いだった。

そして新設中小ＩＴ企業【ライブオン】の創立メンバーとしての社会人生活が本当に始まってしまう。

肝心の最初はというと……当然の如くそれはもう悲惨なものだった。流石に計画性がなさすぎである、五人は世の中の厳しさを痛感させられていた。

１日が過ぎるごとに後が無くなっていく中、今まであくまでサポートに徹していた彼女はその時流行の兆しをほんの少し見せ始めていた【VTuber】に目を付け、友達を救うために初めて自分から新事業を提案した。

会社の残る資金、そして自分たちの持てる知能と時間をフル活用の背水の陣でなんとか実践可能な形まで進め、そして試運転を行う段階までもっていった。

だが彼女はここからがむしろ本番なことに気づいていた。VTuber のアバターができたところでそれだけで人気にはなれない、インパクトのある人柄が重要な必須条件であると。

彼女は自分の意思で試運転のVTuber朝霧晴となった――

頭の良い彼女は自分の個性が強烈なインパクトを持ち人の興味を良くも悪くも引くことに今までの経験上気づいており、特異な人が好まれるインターネット上では恐らくそれが良い方向に傾く、それを活用しようと考えた。

彼女は怖かった。成功する道筋は見えていたが、これを機に友人である四人に気味悪がられ、煙たがられ、また昔のように虚無の生活に戻るのではないかと思ったからだ。

だが彼女はやめなかった。たとえ四人に嫌われて離れることになったとしても、このVTuber事業のノウハウとライブオンの知名度を残し、会社を大きくできるのならそれが恩返しになると考えた。

涙を殺した覚悟の下、彼女は配信を開始した――

それから数か月後、彼女はライブオンの事務所で四人と事業の成功を祝い、笑い合っていた。

完全に物事は彼女の計画通りに進んだ。唯一計画外れになったのは四人が本当の彼女をポジティブに受け入れてくれたこと。

「なんで今まで秘密にしてたの！」そう言って四人のうち一人は彼女の頭をくしゃくしゃに撫でまわし、一人は背中をバシバシと叩き、一人は配信のアーカイブを会社内で大音量で流し、一人はその様子を見て笑いながら豪勢な出前を頼んだ。

本当の彼女を恩人と呼び、そして親友と呼んだ四人――

彼女はライブオンで子供のころ以来初めて人前で本心を出すようになった――

やがて、後輩のライバーも増えていき、会社の経営も安定した。退屈な彼女はもういない。


「――そして彼女はここで私になる――」

その言葉と共に曲は静かに終わりの時を迎えた。

会場は曲の流れを酌んで静まり返っていたが、限界まで膨らんだ風船のような不思議な高揚感に包まれている。

そして一人の観客が拍手を始めたとき、その風船は会場全体の盛大な拍手の音と歓声をあげながら破裂した。

誰も知らなかった朝霧晴の生い立ち、そしてライブオンの誕生秘話までその曲には詰まっていたのだ、その衝撃は私も含め計り知れない。

「はい！　以上盛大な自分語りでした！　うわぁやっぱはっず！　これはっず！　こんなの黒歴史確定じゃん！　ひゃー‼」

まぁこの場の元凶である晴先輩はそう言いながら体をよじって悶えているのだが……その姿を見てさらに生暖かい雰囲気が会場を包み始めたので多分逆効果だろう。

「ま、まぁだね、私が自分からこんな公開処刑をしたのにはちゃんと理由があってだね、おい！　誰だ今涙声でよかったねって言ったやつ！　そんな感傷的になんなくていいから！　いやだから生まれてきてくれてありがとうじゃなくてだな……ああもう私の話を聞けぇ‼」

晴先輩は今にも会場から逃げたそうに顔を赤く染めて取り乱しながらも、咳ばらいをしながら今度は私に向き直った。

「晴先輩、さっき摂取したスト〇〇が目から溢れそうなんですがどうしたらいいですか？」

「いやしらんがな、せめて出すんならまともな手段で排泄してくんろ」

「心音淡雪、スト〇〇ゴールデンシャワー、出る！」

「いやごめん私が悪かった、何万人単位の前で漏らすのは自分の配信でお願い。あとなんでガ○ダムの出撃シーンっぽく言ったの？」

向き合ったまま晴先輩と笑い合う、よかった、高揚し過ぎた心がやっと正常に戻ってきたかもしれない。スト○○万歳。いやむしろここまでくるとスト○○万博開いたほうが良くないか？　太陽の塔ならぬスト○○の塔建てて皆で拝もうよ。

「はいはいそれじゃあ続きいこうか。というか今までのただの昔話だから、むしろこれからが本題だからね！」

その言葉にまたまた大きな盛り上がりを見せ始める会場。なんということだ、これだけ盛り上げておいてどうやらまだこの人は満足していないらしい。

未だに駆け足の心拍を一旦深呼吸で落ち着け、心して聞かせてもらおう。

「まぁそんなわけで今私はここに立っているわけだけど、分かってもらえたかな、今までの行動理念が世話になったライブオンの為だったんだよね。だから私ってライブオンのライバーというよりはライブオンの社員っていう自己認識が強いんだよ。社員兼任なのは配信でも言ったことあるから知ってる人も多いと思うけどね」

その言葉に会場全体が今一度聞き入り始める、晴先輩の声色が真剣なものに戻っていた。

「もともとの経緯もライブオンを救うためだから自分からライバーになりたかったわけで

はないの。これってさ、なんだか微妙じゃない？　そう思わない人もいるかもだけど、私の中ではそう思うの、なんだか曲がっているように感じちゃってさ。だからね——ライバーの後輩が育って、もう私がいなくなっても大丈夫ってなったときにね——身を引くつもりだったの。今度は裏方としてライブオンを支えていけたらなって。身勝手な思いでごめんね、でもこんな気持ちで皆の前に出ることが私はすごく皆に対して負い目に感じていたの、ほんとうにごめんなさい」

晴先輩が深く深く頭を下げる、その様子を見た会場は一瞬にして音を忘れてしまった。

私を含む誰もが驚きのあまり声を失ってただ茫然と立ち尽くした。

今の言葉の意味——つまりそれは朝霧晴の引退である。

まるで金魚のように声も出せぬまま口をぱくぱくさせることしかできない私をおいて、頭を上げた晴先輩が言葉を続ける。

「もうライブオンは大きくなったよね、二期生が頑張って、三期生も頑張って、今では四期生までいる。もう私は朝霧晴のライブオンではなくてライブオンの朝霧晴ってポジションになったと思う。きっともう私一人がいなくなってもライブオンは崩れない」

私は……納得がいかなかった。

だってあの時言ったじゃないか、引退はしないって！

確かに聞いた、今でも聞いた時の安心を覚えている、私はこの程度で止まる逸材じゃないとも言った！

ライブ中であることすら忘れ、そう声を上げようとした、その時だった――

「でもね！」

今までと一転して晴れやかな声が響く。晴先輩は笑っていた、その目は輝いていた、その姿はどこまでも――朝霧晴だった。

「もう1つの感情が私の中に生まれたの！　確かきっかけは二期生が有名になり始めたとき、そして確信したのは……今日ここに来てくれた心音淡雪ちゃんが例の配信の切り忘れでバズったとき」

晴先輩が私の真正面にまで近づく、あの真っすぐな目は更なる輝きを放ち、気の抜けた私の顔を映し出していた。

「なんて楽しそうな人たちなんだろう――天才と呼ばれたこの私が予想すらできない――この人たちのことをもっと知りたい、この人たちともっと仲良くなりたい、この人たちと一緒の舞台に立っていたい……そう思ったの。最初は他のライバーになって立場を気にせずに傍で眺めていたいなんて思ったけど、それだけじゃ満足できない……私という人間が私そのままで皆と一緒にいたい、私はVTuberでいたい、そう思うまで思いが膨らんだ」

――あぁ、なるほど、今になってやっとさっき鈴木さんが言ったことの意味が分かった気がするよ。

「だからね、少し前に例の親友四人に言ったんだ、ライバー活動にもっと専念したい、でも業務関連で負担を掛けちゃうから無理だったら諦めるって。そしたらね、『やっと自分がやりたいこと言ってくれたね』なんて言うんだよ？　『いつも自分を犠牲にしてまで私たちの為に行動してくれてたから、やりたいことを言ってくれて嬉しい』って、『晴に比べたら馬鹿な私たちだけどそれでも成長してるんだぞ』って！　『だから心配せずにとことんやってこい』って‼」

私とお客さんの方を交互に見ながら涙を流してそう語る晴先輩。

今まで雲の上の人だと思ってた、自分とは住んでいる世界が違うなんて勝手に思ってた。

「その後ライブオン社員全員にも話してね、行ってらっしゃいって言って貰えたの。だから、皆、私の我儘を聞いてください！　今の説明で私に失望した人もいるかもしれない、嫌いになった人もいるかもしれない、でも必ずもう一度振り向かせてみせる。だから……私にVTuberをやらせてください‼」

でも私は間違っていた、晴先輩は私と同じ。ちょっと人より頭がいいけど曲がったことが出来ない不器用な――一人の女の子なのだ。

晴先輩が今一度大きく頭を下げたとき、会場がお世辞なしに崩れてしまうんじゃないかと思うほどの大大大歓声が上がった。体全体が一つの心臓になったかのように芯から跳ね上がってしまいそう。

頭を上げた晴先輩が今度は私に手を差し伸べてくる。

「お願いシュワッチ、私の我儘、聞いてくれない？　シュワッチが決定打になってわたし今こうなっちゃったんだよ？　上でも下でも左でも右でもない、あなたたちと同じ舞台に立ちたい。新人ライバー朝霧晴を受け入れてくれないかな？」

私は不思議と涙がこぼれていた。

ただ私が、あんなちっぽけな人間だった私が恩人だった晴先輩にそんなふうに思ってもらえていたこと、自分がここまで人に影響を与える存在に成長できていたことが嬉しくて嬉しくて嬉しくて……。

過去を思い返せば自分でも時が経つにつれて意識の違いが生まれていたことに気づいた。最初は自分すら認められず弱気な発言が多かった。だけどいつしか三期生のエースと呼ばれることに胸を張れるようになり、先輩として還ちゃんを始めとする後輩の力になれるようになっていた。

だめだ、心に吹き荒れる感情の嵐は私の理解をとうに超えている。

ただそれでも——私がその手を取ることに迷いはなかった。

私と晴先輩、二人の手が固く結ばれたとき、バンド隊による予定していたサプライズ新曲の演奏が始まった。

「よっしゃ！　それでは聴いてください！　作詞作曲は私！」

「完全初披露のコラボ新曲！　曲名は——」

「「【ダイヤモンドダスト】‼」」

晴れた朝の光が雪に反射して、漂う霧さえもダイヤの輝きとなった。

大型新人VTuber

「はい皆さま、今宵もいい淡雪が降っていますね、心音淡雪です」

「はーいはいはい！　皆のハートにライジングサン、新人VTuberの朝霧晴でーす！」

「あれ、今までそんな挨拶してましたっけ？」

「新人VTuberだからね、名前を覚えてもらうためにキャッチーな新しい挨拶を考えたのだよ！」

「なるほど、よい心がけですね。いつ考えたんです？」

「やっぱりね、こういうのってふとしたときに天から降ってくるものだと思うのだよ。だから私は今この瞬間の天からの声に従ったわけだ」
「つまりは思いつきってことですね」
：**¥50000**
：**ノータイム無言満額スパチャ草**
：**ライブ最高だったよー！**
：**初コラボがライブ会場で次はオフコラボなの草、順番めちゃくちゃや**
：**意地でも直接会うノーガードスタイル**
：**新人……？**
朝霧晴ソロライブ【ハレルヤ】から一夜が過ぎた。
今日は晴先輩を私の家にお誘いして二人でライブの振り返り兼雑談配信である。
あれだけ盛り上がったライブ直後の配信だけあって同時接続者数がとんでもないことになってるけど、なんとか平常心保ってやっていこう。
「えーそんなわけで、改めてライブオン一期生の新人ライバー朝霧晴です、みんなハローー！」
「これまた謎なポジションの人が現れましたね、先輩か後輩かどっちなんですか？」

「皆の後輩でもあり先輩でもあり同期でもある、そんな存在なのさ！」

「都合がいい女ってことですね、完全に記憶しました」

「あ、あれ？　なんか語弊がある気がするぞ？」

「違うんです？」

「違うの」

「じゃあオプションが豊富な女ってことですね、体に刻んで記憶しました」

「それ、はたから見たら体を張ってオプション豊富自称してるヤベータトゥー女だからね」

「タトゥー文化を全て一概に否定するのはちょっと古いですよ」

「いや否定してるのは内容の方だから！」

「はい、そんな冗談はさておいてですね、知らない方の為に簡単に説明しますと、昨日のライブで心機一転することにした晴先輩がNG無しになったわけです。温かく見守ってあげてください」

「うん、とうとう過去の改ざんをやり始めたね、昨日の涙は今日の愛液ってことか」

「何言ってるんですか？　下ネタはメッです」

「うがあああぁなんじゃこいつうううぅ‼‼」

：草草の草
：めっちゃ仲良くなってるやんwww
：かたったーでライブの打ち上げしたって言ってたからそれで打ち解けたんかな
：今までの崇めるような言動が嘘のようである
：実質全てのライブオンライバーの生みの親か、これは大型新人
：昨日の流れ見た後だと自然と泣けてくる。ハレルンよかったなぁ……泣きすぎて口と下の口がよだれまみれや
：どさくさに紛れてシコって公害まき散らすのはやめてもろて
：下の口って言ったから女の子かもしれんぞ？
：神聖な行いで世の中に貢献して誇らしくないの？
：手のひらグレン○ガンやめろ

コメントにもあったが、あのライブの後に出演ライバーとスタッフさんとで成功を祝って打ち上げがあった。

内容としては羞恥で顔を真っ赤にしながらしおらしくなった晴先輩が見られたりとそれはそれは楽しい時間だった。特に印象的だったのはその場にいたライバーにこれからは同期みたいなものだと思ってほしいと声を掛けていた晴先輩の姿。皆も微笑ましい目で応え

てあげるシーンはなんとも感動的だった。

大きな見どころを彩らせてもらった私とはそれはもう話が盛り上がり、今のようなラフな関係にまでなった。

ああもう隣にちょこんと座る晴先輩がかわいいんじゃー‼

「え、なに？　突然抱き着いてきてどうしたん？」

「かわいいね」

「え、なんで私理不尽なこと言われた後にいきなり口説かれてるの？　温度差やばすぎて太陽の火消えちゃいそうなんだけど、世界の危機なんだけど。多分次いきなりビンタとかされたら頭バグっておかしくなっちゃうよ」

「まぁまぁ落ち着いて」

「ねぇなんで私を膝の上に乗せたの？　本当にバグっちゃうよ？　私天才だから困惑するのに耐性ないからね？」

おほー！　名前と見た目を裏切らずにぽかぽかであったかいんじゃあ！

「まぁそんなわけで、晴先輩は私の後輩とも呼べる人物になったわけですよ。あ、なんかお腹すきましたね。ほら、早く食パン買ってこいよ」

「あれ、もしかして私フェルマーの最終定理並みの難問出されてる？　あわっちの頭の中が全く証明できそうにないよ」
：かつてここまで振り回されるハレルンがいただろうか
：ペースを掴むとハレルンもボケ倒すんだろうけどこれはあわちゃんが強いな、怒濤の攻めで固めてる
：ハレルンは何気にツッコミもできるのがやばい、防御も一流なのは強者の証
：最近あわちゃんがスト○○無しでも普通に強いのが恐ろしい
：なんかさっきからバトルしてるみたいで草、配信者とはいったい
「ほらどうしました？　食パンじゃなくてもフランスパンでもいいですよ？」
「むーっ！　私以外の後輩にはあわっちもっと優しかったはずだぞー！」
「今まで散々振り回された仕返しです。ほら、ついでに乾パンも買ってきてください」
「ねえなんでさっきからそんな嗜好性の低いパンばっかなの？　パンをおかずにパンを食べることになるよ？　お口の中ぱっさぱさになっちゃうよ？　もっと総菜パンとかにしようよ……」
「でも本当にお腹すきましたね、ハムとチーズのせて食パン焼いてきます」
「いや朝食か！」
「晴先輩も食べます？」

「食べるー！」

「もっちゃもっちゃ……うまい！」

「そうですねぇ、外れるわけのない王道の味です」

「さすがあわっちの母乳から生成されたあわっチーズ、濃厚で伸びがいいね」

「ただの市販品ですよ、変なもの作らないでください」

「なるほど、確かに苦みもレモンの酸味もアルコールの匂いもしないな、私の間違いだったようだ」

「摂取したもので味が変わるとか、私はウニかなにかですか……」

「ウニの鳴き真似します。うにぃ！」

「は？」

「正直すまんかった。うにぃ……」

「謝ってもやめないとは新しい」

焼きあがったハムチーズパンをかじり、ついでに淹れたコーヒーを飲んでまったりとしたところで、そろそろライブの振り返りでもしていこう。

「晴先輩、まず今回のライブの全体的な感想としてはどう思ってます？」

「ん～……いい思い出になったのは間違いないかな。でも……」

「でも？」

「ちょっと黒歴史なシーンが多すぎて、もし後日ＢＤとかで映像が販売されても自分では見られないかなぁ」

「はいはーい！　突然ですが淡雪歌いまーす！　曲名は自分語り、作詞作曲朝霧晴、それでは聴いてください！」

「ヤメロー！　シニタクナーイ！　シニタクナーイ！」

「きゃっ！　晴先輩ちょっとあばれないふがふが！」

膝の上に乗っていた晴先輩に無理やり口を塞がれてしまう。

そのまま歌おうとする私と意地でも口を塞ごうとする晴先輩とできゃっきゃとじゃれ合いに発展してしまい、終わるころにはお互い笑いながらもはぁはぁと若干息が切れてしまった。

：なんかちょっとセンシティブ

：エッ！

：ピコーン！　残像拳を閃いた！　４５４５４５４５４５

：〇マサガに謝れ笑

：てぇてぇ　￥１０００

：偽(にせ)ア○ギすこ、あの絶妙なパチモン感ほんと癖になる
：偽ア○ギ献血の広報キャラクターにならないかな
：献血どころか死ぬまで血抜かれそうで草
：麻雀(マージャン)やりながら点数マイナスで献血はちょっとやってみたい
：天才現る

「ふぅ、晴先輩、とりあえず落ち着きましょう」

「そうだね、ライブに話を戻そー」

「何から話しましょうか？　二期生が来てくれたシーンとか？」

「あ、いいねそれ、それ話そう！　来てくれた人は知ってると思うけど、おしおとセイセイとネコマーも来てくれたんだよー！」

　セイセイはワルクラの時にも出たけど聖様のことで、おしおはシオン先輩の晴先輩特有の呼び方だ。

　実は今ではいろんな人が使っているネコマ先輩のネコマーというどこかゆるい呼び方も、始まりは晴先輩が呼び始めたからだったりする。

「いやぁあの瞬間は盛り上がったね！　三人には忙しい中時間を割いて協力してくれて感謝の限りだよ。この場を借りてお礼申し上げます」

「この四人がそろったのって結構久々ですよね。それも盛り上がった要因の一つかと」

「そうだねぇ。三期生が入る前、つまり四人しかいなかったときはよく集まってたんだけど、人数が増えるにつれてこの四人だけは自然と珍しくなったよね」

「二期生だけなら今でもたまに見ますね」

「あはは、ほら、例の件であの頃の私は無理に二期生のお邪魔になることを避けてたからさ」

「ああ、なるほど」

ここで言う例の件とは引退も考えていたことの話だろう。

最初はサポートするためにも二期生のコラボによく顔を出していて、二期生の成長につれて離れていった感じなのかな。

そう考えると確かにあの頃の晴先輩はどちらかといえば保護者や先生のような立ち位置でライバーを見守っていたことが分かってくるなぁ。

〈神成シオン〉：ぜひまたご一緒に！

〈宇月聖〉：そうだね、さっき晴君は自分から同期みたいなものって言ったから、後は分かるね？

〈昼寝ネコマ〉：ネコマの話題を完璧に理解できるのは晴先輩くらいなのだーよ

：あっ（尊死）

：二期生あったけぇなぁ
「ほら、二期生の皆様もそう言ってますよ、晴先輩？」

「あはは、それじゃあ今度皆でコラボしようか。またあの頃みたいに私とセイセイとネコマーがひたすらにボケておしおがツッコんで……ぐすっ」

「晴先輩、ティッシュどうぞ」

「ん、ありがと」

涙を拭う晴先輩、こんなに小さな体でどれだけ多くの荷物を背負って生きてきたのかが分からされる。

今まで世話になった分、今度は私たちがその荷物を下ろす場所になってあげなくては。

「ふぅ、失敬失敬。えっと、そうそう会場に二期生が来てくれて、一緒に昔のこと振り返ったりした後に一曲歌ったんだよね」

「私も一人のファンとしてお客さん席で見てみたかったですね」

「あー、あのライブの一体感は確かに体験してみたいよね。でもだーめ、あわっちにはライブの最後に大仕事があるんだから！」

「ふふっ、確かにそのとおりですね、失礼しました」

さて、なんだかしんみりとした空気になってしまったな。できるなら後の話を明るく話したいからちょっと雑談でも挟んでムードを作るか。

「あ、そういえば晴先輩」

「んー？」

「さっきタトゥーの話になりましたけど、もし二期生がタトゥーを入れるとしたらどんなの入れると思いますか？　ほら、聖様とか似合いそうですし」

「あー確かに。セイセイはハートに翼が生えたみたいな形のピンク色のやつが衣装の下腹部に入ってるけど、素肌にも入ってそうだよね」

「あ〜すごい分かりますそれ。絶対入ってますよね」

「うんうん入ってる、間違いない」

「結論、聖様は入ってます」

〈宇月聖〉：あれ？　なんかいつの間にか推測から決定事項に変わってないかい？

：実際イメージできるし仕方ない

：タトゥーというか淫紋で草

：あれってよく性的なきっかけで光るイメージだけどどうやって光らせてるのかな

：LEDでしょ

：わーお科学

：聖様なら淫紋でも不思議とかっこよさも出せそう

〈宇月聖〉：ほんとかい？　それなら全身に隙間がないくらい刻み込んでみようかな

：アン○マユかよ

：この世全ての性欲

「他にはそうだな、ネコマーは絵文字みたいな猫のワンポイントタトゥーとか、おしおは白蛇とか雰囲気出そうだよね」

「いいですねぇ。まだ日本にはあまり浸透していない文化ではありますが、考えだすと楽しいですね！　あ、ついでにエーライちゃんはどんなのだと思いますか？」

「それはもう背中一面に彫られた迫力満点の龍か虎でしょ！」

「義とか極の一文字とかもシンプルかつ趣があって良しですね！」

「ストファイの豪鬼（ごうき）みたいに天とかどうよ？」

「リアル瞬獄殺を超えたいつでも瞬獄殺ですね！」

：草

：これは完全に道が極まってますわ

：ついででネタにされる組長に笑った

：解釈一致
：さも当然かのように和彫りにいったなwww
：いつでも瞬獄殺とかチート過ぎるからトレーニングモードだけにしてくれ
：信じられるか？　こいつ元は動物園の園長なんだぜ？
：極飼育道
よしよし、段々明るい空気が戻ってきたぞ。ここらへんで元のライブの話題に戻るとしよう。
それからはソロで歌った曲の選曲理由や、諸々の準備などの裏話などを中心として話題が進んでいき、そしていよいよライブ最後のシーンの話となった。
「さて、いよいよダイヤモンドダストの話に行きましょうか」
「あはーあれ行っちゃう？　今でもちょっと恥ずかしいよ」
「だめですよ。あれを語らなかったら皆から怒られてしまいます」
「ですよねぇ」
：待ってた
：あれのせいで涙腺崩壊して溺れ死んだわ
：溺死ニキは早く成仏してもろて

：分かる。俺もあれのせいで狙撃されてくたばったもんな
：他殺されてますよー
「えっと、軽く説明するとダイヤモンドダストはライブの最後に晴先輩と私がコラボで歌ったサプライズ新曲になります。事前に晴先輩からこれからはライバー活動に専念して頑張るとの決意表明があったのもあって、多くのリスナーの方の記憶に残った瞬間だったかと」
「天才の私でもあの時は流石に緊張したからね」
「流れもそうですけど、曲自体の完成度も高かったですよね」
「そりゃもうめっちゃ気合い入れて作ったからね！　あの流れから曲がこけたら一生の恥だよ！」
：てか当たり前のように作詞作曲してるのほんと天才
：久しぶりにハレルンが才能を正しく使った気がする
：いつもお笑いの為に手の込んだ自爆してるからな
：音源化はよ
：音源化頼むー！
「ふふっ、皆さんそう言うと思ってましたよ。任せてください！　今週中に音源用のレコ

ーディングが開始されます！」
「ミュージックビデオも作るから楽しみにしててくれよな！」
どっと沸きだすコメント欄、あの曲を会場だけのものにしておくのは余りに勿体ない、
ライブオンも力入れまくりで音源版も作る予定だ。
流れるコメント欄を目で追いながら嬉しそうに微笑んでいる晴先輩。曲を作った人とし
てはやっぱり求められるのは大きな喜びなのだろう。
ライブも最高だったが、音源版も別のニュアンスで最高を目指して歌おうと心に誓った
のだった。
「作るの大変だったよー。曲名自体はすぐに決まったんだけどねー」
「ダイヤモンドダスト――晴れた朝、それも積もった雪などで極度に冷えた日に見られる、
空気中の水分が氷結してキラキラと日の光を反射し、最後に雪として降る現象のことです
ね」
「そうそう。どう？　私たちにぴったりっしょ？」
「そうですね、これしかないって程に」
「歌は大好きだけど、あんなに歌うのが楽しかったのは初めてかもしれないね」
「私は晴先輩のサプライズのせいで未だにどんな気持ちで歌ったのか思い出せませんよ」

「あはは！　あわっち半泣きで歌ってたからね」

当時の情景を思い出しながら二人で笑い合う。

うん、振り返りはこんなところで終わりかな。

ライブの主役である晴先輩に配信の締めを頼む。頷いて了承した晴先輩は、一息吸った後、高らかに口を開いた。

「ライバー活動に専念するということで、これからはライブもバンバンやるよ！　コラボも頻度が増えると思う！　だから……遅れてきた新人VTuber朝霧晴をよろしく‼」

エピローグ

ある日、何気ないソロ配信の終わり間際、特に何かが起こったわけでもないのにコメント欄が段々と騒々しくなってきていることに気づいた。

：せ、聖様!?
：聖様の霊圧が消えた!?
：ん？ 性様がどうかしたんか？
：やばい！ 性様がとうとうイッタ！
：聖様がイッテる！

んー？ なんかそこかしこに聖様の名前が見つかるな、コメント欄に来てくれたとかかな？

……でもそれにしてはコメントの雰囲気がなんか物騒なんだよなぁ？

「皆どうしたよ？ 性様がイッテるのなんかいつものことじゃんか？ 日常茶飯事です

よ」

：そうじゃない！　性様の収益化がイッタの!!

：草草の草

：聖様が収益化剝奪されたっぽい

：聖様本人じゃなくてチャンネルの方がイッタのか（困惑）

：イッタのかと思ってたら逝った方だったわ

：本当にいきなりだったな、何が原因だろ？

「はああああああああ⁉⁉」

コメント欄からのまさかの報告に思わず大声を上げて驚いてしまう。

だって収益化なくなったんだよ⁉　チャンネルからのスパチャなど諸々を収益源として いるライバーにとっては収益化は生命線、それが剝奪されたってことは、シュワシュワす る前の私の状況に戻ったようなもの！

流石に聖様だから生活できる貯金はあるだろうけど、まさかいきなりこんなことになる とは……。

くっ！　どうして聖様がこんな目に――ッ⁉

…………。

あれ？　むしろあの性様がなんで今まで問題なく活動出来てきたんだろうって思い始めてきたぞ？

ま、まぁ今はそれは置いておいて……。

【宇月聖@ライブオン】

速報・聖様犯される！

聖様の大切なもの（収益化）、奪われちゃった……

「あ、本人がかたったーでも報告してる」

ということは冗談抜きのマジで収益化無くなったのか……ライブオンって奇跡的に今日まで一人も収益化剝奪なんてことはなかったから混乱しちゃうな……。

これはどうしたものかなぁ……まぁ一度本人に話を聞いてみるかぁ。

「あーうん、元々ここらへんで配信締める予定だったから今日はここで終わりにしようかな。ちょっと聖様に連絡とってきます！」

：はーい！

：乙

：この後聖様と慰めSEXですね分かります

：まさかこのためにわざとイッタのか……？

：計画的犯行やめろ
：後輩でイクためにチャンネルをイカせた女
：なんか笑っちゃうけど正直少し心配
：それな

　聖様だからこそ芸人みたいなノリになっているが、コメントでもあるように私も心配だ、あんなのでもお世話になってる先輩だからね。

　配信を終了し、ちゃんと切れているか今一度確認した後、聖様に連絡をするためにスマホを開いた。

　さて、とりあえずチャットで……いや、心配だし一度通話をかけてみるか、もし出なかったらチャットで送ればいい。

　通話開始のボタンをタッチし、コールが流れる中応答を待つ。

　だがしばらく待ってみても無機質なコールが鳴り響くだけで変化はなし。

　これは出られない感じかな……今は諦めるか……。

　そう思い、通話終了を押そうとした――丁度その時だった。

「……あ、もしもし？」

「もしもし、淡雪君かい？」

間一髪のところで通話に気づいてくれたみたいだ、スピーカーからいつものキザったらしい聖様の声が聞こえてくる。

「いきなりかけてくるなんてどうしたんだい？　聖様に会いたくなっちゃった？　ホテル代込み155円でどうだい？」

「嫌です」

「流石の聖様も大赤字なのに即拒否られるとは思わなかったよ」

「というか赤字ならホテル代込みって言い方なんかおかしくないですか？　この言い方だと最大でも155円で使えるホテルがあることになりますよ」

「あるよ」

「まじで？」

「聖様の部屋」

「事故物件じゃないですか」

「ははっ、確かに聖様の匂いが染みついているから常にお股がビショビショに事故っちゃう物件かもね」

「バルサン焚かないと」

「せめてファブ〇ーズとかにしないかい？」

いつもと何も変わらない様子で下ネタトークを展開してくる聖様。

んーなんか収益化のことそこまで気にしてなさそう？　ただの杞憂だったのかな？

……いや、まだ判断するには早計か、一度しっかりと収益化のことを話してみよう。

「もうこんなトークしてたら私たちだときりがないので、本題入っていいですか？」

「収益化が剝奪されたことだろう？　大丈夫、分かっているよ。ついさっきにはシオン君からも同じ件で通話が来たよ」

「あー、まぁそれしかないだろって感じですから分かりますよね」

ちょっと困っているような声でシオン先輩にめちゃくちゃ心配されたことを聖様は話してくれた、恐らく表情も苦笑いを浮かべているだろう。

シオン先輩は聖様と特に仲がいい上に世話焼きだからな、相当焦っていたようだ。

「最終的には『収益化が戻るまでママが精いっぱいお世話してあげないと』とかマジトーンで言い始めたから適当な理由付けて通話を切っちゃったよ」

「ここぞとばかりに言いそうですねぇ……まぁ心配しているのも事実だと思うので、後でちゃんと話してあげるんですよ？」

「そうだね、心配かけちゃったからなぁ」

うーんと唸りながらまた困ったような声になる聖様。

……うん、やっぱり本人もからっきし気にしていないってわけじゃあなさそうだな。

「それで、私からも一応質問ですけど、金銭面は大丈夫ですか？　風俗で使い果たしたりしてません？」

「それは問題ないよ、君たちの体で妄想しているから性欲解消はたださ！　お世話になっております」

「お世話したくありません、妄想分のお金払ってください」

「あ、あれ？　もしかして聖様が収益化剥奪されたこと忘れちゃったのかな？　二重人格なのかい？」

「そうですよ」

「そういえば君は本当にそうだったね」

「いやまぁそんな冗談は……はぁ、なんだか聖様と話していると緊張感が抜けてしまいます」

「気を許してくれている証拠だね、その調子でお股もゆるゆるになってくれたら嬉（うれ）しいな。ちなみに聖様は常にお汁が溢（あふ）れて止まらないくらいお股ゆるゆるだよ」

「老人ですか？」

「尿漏れの話じゃないよ？」

はぁ、このまま話しているのも悪くないけど話の進展がないのも困ったものだな。

なんか聖様からガンガンに話してくれる雰囲気ではないし、こちらから色々聞いてみますか。

「それで、重要な点として、収益化剝奪の直接的な原因って分かりますか？」

「うーん、それがだね、ちょっと聖様も困っているんだよ」

「というと？」

「センシティブ判定に引っかかったのは分かっているんだけど、一応どこから見てもアウトな物はやってないつもりなんだよ。でも言い方を換えるとやっていることが全てグレーゾーン過ぎて原因が暗中模索状態なのさ」

「確かに。息をするようにラインの上で反復横跳びしてますからね貴方（あなた）」

「うえええぇぇん……そのせいで聖様汚されちゃったよぉ」

「むしろ汚した側がなにを言っているのか」

「えーとだね、そんなわけでね、なぜ収益化が剝奪されたのかを追及したら最終的には聖様だからという結論に辿（たど）り着くわけだよ」

「どうしようもねぇな」

でもそうか、原因が分からないとなると明快な解決案を出すのは少し厳しいかもしれないなぁ。

これは困った……。

「前にやった asmr とかがまずかったんじゃないかみたいな予想は付くんだけどね。アウトラインに触れていそうなアーカイブは消すことになるかもね」

「まぁ現状それが一番ですかね、あとは今後は言動に節度を持つこと！」

「まぁ今までよりは気を付けるけど……それでも聖様は聖様だよ、何も変わらないさ」

「頑固ですね……いや聖様らしいと言えばらしいですけど」

「それにね、正直なことを言ってしまうと収益化が止まったこと自体は大して気にしていないんだよ」

「そうなんですか？」

「だって聖様だよ？　むしろなんで今まで収益化通ってたの？」

「自分で言いますそれ？　全く、ライブオンには確信犯が多すぎるんですよ」

「ブーメランって知っているかい？」

なんだかんだ言いつつ心配していたのは事実だから、大きく気にしていないことには安心したけど……。

「収益化が止まったこと自体は気にしていないってことは……それ以外で気になっている

ことがあるんですか？」

　さっきの言い方、ちょっと引っかかる言い方だったんだよな。

「……まぁ人間色々あるさ」

「濁した」

「あははっ、淡雪君も収益化剝奪されてみれば分かるかもよ？」

「自分から罠に飛び込むのは勘弁ですね」

「そうか、でも本当に気を付けるんだよ？　君だって割と危うい配信しているだろう？」

「そうですねぇ、身近な人がやられちゃうと自分も例外じゃないと実感しましたから肝に銘じておきますよ。でも今は人の心配より自分の心配してください」

「承知した。あ、すまないがそろそろ用事の時間がやってきてしまったようだ、残念だが愛の秘め事はここまでのようだ」

「愛の欠片もなかった気がしますが……分かりました、突然通話しちゃってすみませんでした」

「いやいや、聖様も淡雪君の声が聴けてとっても嬉しかったよ」

　そんな反応に困ることを言い残して聖様は通話から去っていった。

　うーん……まぁメンタル面の心配は大丈夫そうだったから通話をかけた目的は達成でき

たかもしれないけど……。

なーんかうやむやにされちゃったなぁ……。

まぁ本人が話したくないのならそれでいいし、話したくなったのならその時真摯に相談に乗るとしよう。

聖様ってただのセクシャルおバカだと思っていたけど、意外と謎が多い秘密主義な人物なのかも知れないなぁ。

そんなことを考えていたが、まさか私があんなことに巻き込まれるなんて、この時の私は知る由もなかったのだった――

あとがき

『VTuberなんだが配信切り忘れたら伝説になってた』略して『ぶいでん』の3巻を手に取ってくださりありがとうございます。作者の七斗七です。

さて、この3巻はWeb版にて2021年の年始辺りから書かれたものに加筆などをした内容になっています。大体この3巻刊行の1年前ですね。
1、2と巻数を重ねるごとに微妙に書き方へのアプローチが変化してきたこのぶいでんですが、この3巻でようやくそこが完成したと個人的に思っており、以降はこの3巻のスタイルをベースにぶいでんの世界は広がっています。
内容の方、楽しんでいただけたでしょうか？

私はぶいでんというお話を淡雪という主人公だけでなく、ライブオンという一つの『箱』を楽しんでいただけるようなお話にしたいと常に想い書いています。

もしよろしければ、淡雪以外にもライブオンで推しのライバーを探してみてください！

また、皆様の応援のおかげでなにも問題が無ければこのまま4巻以降も刊行することができそうな流れになっています。

最近は私自身も作品の規模の膨れ上がり方に驚く一方であり、大きなモチベーションになっています。

ですがその影響もあり、皆様もお気づきの通りこの3巻から少々伏字が強化されてしまった箇所も1点ございますが……怒られたというわけではないんですよ？　ただ、今後作品の発展のためには流石(さすが)にあれだけはそのままで使うというわけにいかなくなってしまい……。

Web版ではそのままなので許してください！　多分淡雪がなんでもしてくれます！

編集部サイド様もこのぶいでんの強烈な作風に対して大きな理解を示してくださっているので、今後大きく作風が崩れるということはないです。

ただ今回の箇所だけは使い過ぎでどうしようもなかった……！　というかそのまま使っていた今までがおかしかった！

前述しましたが、これも『ぶいでんの発展の為(ため)』であり、その分非常に大きな一歩を踏み出すことができています。今後も皆様を驚愕(きょうがく)させるぶっ飛んだことをやっていくのでご期待ください。大丈夫です、未(いま)だに制作陣はガンギマッてます。というかこの3巻の内容に関して、その修正点以外なにも大きな注意をする気配がない時点で手遅れです。

最後に、この3巻を彩(いろど)ってくださった関係者各位、そして応援してくださる読者様に心から感謝し、あとがきを締めにしたいと思います。
3巻もありがとうございました！　4巻でまたお会いしましょう。

お便りはこちらまで

〒一〇二−八一七七
ファンタジア文庫編集部気付
七斗七（様）宛
塩かずのこ（様）宛

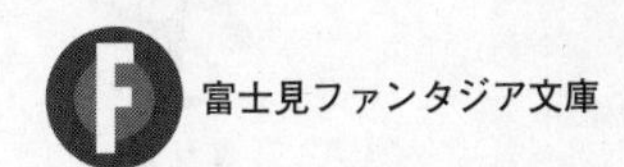

ＶTuber(ブイチューバー)なんだが配信(はいしん)切(き)り忘(わす)れたら伝説(でんせつ)になってた３

令和４年１月20日　初版発行

著者――七斗(ななと)　七(なな)

発行者――青柳昌行

発　行――株式会社KADOKAWA
〒102-8177
東京都千代田区富士見2-13-3
0570-002-301（ナビダイヤル）

印刷所――株式会社暁印刷

製本所――本間製本株式会社

※定価はカバーに表示してあります。
●お問い合わせ
https://www.kadokawa.co.jp/（「お問い合わせ」へお進みください）
※内容によっては、お答えできない場合があります。
※サポートは日本国内のみとさせていただきます。
※Japanese text only

ISBN978-4-04-074401-8 C0193　◇◇◇

最強の初恋
シリーズ
好評発売中!
ファンタジア文庫

ティナ
四大公爵家の
ひとつ、ハワード家に
生まれた公女殿下。
なぜか誰でも扱える
程度の魔法すら使う
ことができない。
変える
はじめましょう
アレン
公爵令嬢ティナの
家庭教師を務める
ことになった青年。魔法
の知識･制御にかけては
他の追随を許さない
圧倒的な実力の
持ち主。
発売中!

公女殿下の家庭教師

Tutor of the His Imperial Highness princess

あなたの世界を魔法の授業を

STORY 「浮遊魔法をあんな簡単に使う人を初めて見ました」「簡単ですから。みんなやろうとしないだけです」 社会の基準では測れない規格外の魔法技術を持ちながらも謙虚に生きる青年アレンが、恩師の頼みで家庭教師として指導することになったのは『魔法が使えない』公女殿下ティナ。誰もが諦めた少女の可能性を見捨てないアレンが教えるのは――「僕はこう考えます。魔法は人が魔力を操っているのではなく、精霊が力を貸してくれているだけのものだと」常識を破壊する魔法授業。導きの果て、ティナに封じられた謎をアレンが解き明かすとき、世界を革命し得る教師と生徒の伝説が始まる!

シリーズ好評

F ファンタジア文庫

学校
……じろじろ見ないで
【朗報】
俺の許嫁になった地味子、家では可愛いしかない。
ラブコメ
秘密の結婚生活！

ファンタジア文庫
甘えていいし？
家
著者：氷高悠
イラスト：たん旦
親同士の約束で俺に嫁（3次元）ができた!?
相手は地味で目立たない同級生・綿苗結花。
「最近の推しは誰ですか!?」「遊くん…って呼んでもいい？」
趣味もピッタリ、意気投合。
しかも、慣れたら学校では想像できないほど大胆に！
彼女の素顔と、2人だけの生活は可愛さしかない!?
クラスのあの子と